D0509719

Agnès Desarthe est née en 1966 à Paris. Romancière, elle a notamment publié *Un secret sans importance* (prix du Livre Inter 1996), *Mangez-moi* (2006), *Le Remplaçant* (prix Femina 2009), *Dans la nuit brune* (prix Renaudot des lycéens 2010) et *La Chance de leur vie*. Agrégée d'anglais, traductrice, elle a cosigné avec Geneviève Brisac un essai sur Virginia Woolf. Elle est également l'auteur de nombreux livres pour la jeunesse.

Agnès Desarthe

UNE PARTIE
DE CHASSE

ROMAN

Éditions de l'Olivier

TEXTE INTÉGRAL

ISBN 978-2-7578-3596-8
(ISBN 978-2-87929-998-3, 1ʳᵉ édition)

© Éditions de l'Olivier, 2012

J'aimerais mourir de mort naturelle. Je voudrais vieillir. Personne ne vieillit chez nous. Nous partons dans la fleur de l'âge.

J'aimerais avoir le temps de sortir de l'enfance. Connaître la nostalgie poignante qui étreint le cœur des adolescents. Quelque chose en eux pleure l'enfant qu'ils ne sont plus, et c'est un chagrin magnifique et muet.

Je voudrais m'ennuyer, connaître le dégoût. Profiter, ensuite, du soulagement de la maturité.

Je voudrais avoir le temps de connaître l'amour, et le luxe infini du désamour.

« Je ne t'aime plus, c'est fini, ça fait trop longtemps qu'on se fréquente, tu ne me fais plus aucun effet. »

Souvent, pour me faire du mal, pour éprouver jusqu'au bout la cruauté de mon sort, je me joue cette scène impossible, je répète cette réplique que je ne prononcerai jamais.

J'ai beaucoup d'imagination. Il paraît que c'est rare dans notre lignée. Ma mère me l'a dit. Elle me trouvait plus intelligent que les autres. Elle disait qu'elle ne me comprenait pas entièrement. Elle penchait la tête en prononçant ces mots, et le soleil, un instant captif de son iris, me transperçait la rétine.

Elle est morte, bien sûr. Très vite. Elle m'a peu parlé. Nous n'avons le temps de rien, nous autres. Mais elle m'a dit ça quand même, que j'avais beaucoup d'imagination, et sans doute un cerveau plus gros que celui de mes frères, de mes cousins, de mes ancêtres, alors je m'en sers. Je fais semblant d'être vieux.

Vieux, vieille, vieillard, vieillarde, ces mots me font frissonner de douleur et de joie. Ce sont les mots les plus beaux, les plus effroyables et les plus doux de notre langue. J'ose les prononcer. Je sais le risque que je prends. Mon cœur pourrait lâcher par excès de volupté. Mais je parie sur l'excellence de mon cœur, je n'ai pas le choix. Je parie sur l'excellence de chacun de mes organes et de mes muscles. Je suis fait pour durer, pour endurer, pour survivre. Je vais y arriver. Je serai peut-être le seul, mais qui sait ? Une fois mûr et usé, quand les dents me manqueront et que mon sang voyagera moins prestement dans mes veines, je pourrai enseigner aux autres, prendre quelques jeunes sous ma protection et leur confier mes secrets, mes ruses, leur expliquer que c'est possible. « Regardez-moi ! Voyez mes oreilles tombantes et lasses, ma paupière paresseuse qui couvre à moitié mon œil droit. La bosse sur mon dos. Mes moustaches fatiguées. »

Je serai leur prophète, je trouverai un territoire, j'organiserai la résistance. Trop longtemps nous avons subi, trop longtemps nous nous sommes pliés à la fatalité.

Nous n'avons pas de mémoire. Nous n'avons pas le temps d'accumuler les souvenirs, les expériences. À chaque naissance, l'espèce entière repart à zéro, et nous courons, nous sautons, affolés, en zigzag. À peine avons-nous senti le soleil sur notre front, la chaleur du lait maternel dans notre gosier qu'il nous faut quitter le logis, partir, rattraper le retard inscrit depuis l'éternité dans notre code génétique. En retard, en retard, nous sommes toujours en retard. La menace est gravée en chacun de nous. La menace est notre destin.

Pour l'instant, je suis seul. J'ai trouvé un endroit. Je tiens. Je dois parvenir à penser, à attendre, à m'organiser. C'est contre nature. Mes tendons me démangent. Mon instinct me dicte la fuite, mais j'en ai trop vu qui, fuyant, se faisaient prendre, tuer dans le mouvement.

Je tente l'immobilité, je tente le calme. Mais tout mon corps aspire à l'évasion, à l'esquive. Je dois le maîtriser, lui imposer une loi que j'invente au fur et à mesure. Je dois être mon propre tyran.

Pour me donner du courage, je me répète ma devise « Mourir de mort naturelle », « Mourir de vieillesse ». Ah ! mériter son trépas, en venir à le souhaiter, faire l'expérience de la lassitude.

Bientôt, il faudra que je sorte, que je trouve à manger.

Bientôt, il faudra que je me trouve une compagne. Je saurai la baiser comme il faut. Pas la peine de réfléchir. C'est inscrit. Mais c'est le piège : faire ce qu'on sait faire. C'est de cela que nous mourons, de la dictature de nos corps et de notre manque d'anticipation.

Je serai abstinent. Dès que le désir naîtra, je le réprimerai. Mourir de faim, est-ce une mort naturelle ? Mourir de solitude, de chagrin ?

Non.

Il doit y avoir une autre voie. J'ai du mal à me concentrer, à cause de la faim, à cause de l'urgence, à cause de mes membres tétanisés qui réclament l'action, la vitesse. C'est comme un ressort en moi, une force qui méconnaît mon être, méprise ma volonté. Cette force est la même que celle qui change une tige en tronc, qui fait qu'un orage éclate, que les vagues se creusent et se brisent, que les volcans entrent en éruption, que les planètes circulent en orbite dans les cieux. Mon corps est si étroit pour elle, je me sens écartelé. Cette force va me disloquer si je tente de l'assujettir. Je tiens encore, mais un certain picotement sous ma peau m'informe que je n'en ai plus pour longtemps. Je vais céder, comme l'élastique, le lance-pierre, l'arc, fuser comme la balle, le plomb.

Le plomb qui jaillit de la carabine à l'instant où je jaillis de mon terrier. C'est beau cette rencontre. Une rencontre dans le temps, dans la perfection synchronique du hasard. Le chasseur ne l'a pas fait exprès. Il ne pouvait pas savoir que mes pattes me propulseraient hors de la terre à cette seconde. Il ne m'a pas vu. Il n'a pas visé, mais je gis, étonné, admiratif face à la beauté de l'imprévu, face à l'inéluctable. Je suis si jeune et je vais mourir. C'est impossible. Je portais en moi un si grand, un si bel avenir. Je n'ai pas pu hériter de cette conscience pour rien. Quelqu'un, quelque part, avait forcément une idée derrière la tête. Ou bien non.

Je suis si petit, je suis si mignon. Quel dommage. L'homme qui me ramasse me ressemble. Nous nous regardons. Son pouce est sur mon cœur qui bat encore. Il pleure. Il se cache. Il ne veut pas qu'on le voie. Sans doute n'est-il pas seul. J'entends une voix un peu plus loin. Une voix d'homme.

  – Qu'est-ce que tu fous, merde ? Tu t'es pas tiré dans le pied, au moins ?

Rires pluriels et gras.

Un homme jeune, dont les genoux vacillent, tient dans la main droite un lapin de garenne. L'aube monte. Une vapeur nacrée mousse au sommet de la prairie. Un pouce sur le cœur de l'animal, il sent les pulsations très rapides qui emballent son propre rythme cardiaque. Il pleure. Il n'a jamais rien tué, ni personne. Mais le lapin n'est pas mort. Si le cœur bat, c'est qu'il vit. Ne pas le montrer aux autres. Le garder pour lui. S'en occuper. Le soigner.

Voilà les chiens.

Les chiens, il n'aime pas. Il en a toujours eu peur. Ils vont sentir le lapin. Ils sont dressés pour ça. Ils vont le trahir, et ensuite les grosses mains de Dumestre, crac, un quart de tour suffit. La tête pend, comme si elle se désintéressait du corps, dans une pose blasée qui donne à la mort des allures de sieste consentie, un sommeil sans rêves ni plaisir.

Le jeune homme ouvre sa gibecière, un mot ravissant, un objet pratique, simple, qui tient ses promesses – c'est Dumestre qui la lui a prêtée –, et il glisse le lapin frémissant sous le torchon qu'il a pris en quittant la maison. Il fait ça. Tout le temps. Un genre de manie. Partir avec un torchon. Au restaurant, il lui arrive d'emporter la serviette de table. Le torchon sent l'orange ; il vient du panier à fruits. Les chiens, peut-être, en seront déroutés.

Il entend encore l'écho de la détonation dans l'air, comme si l'atmosphère refusait de digérer l'effraction. Pas de vent dans les arbres pour l'y fondre, pas de brise dans les herbes pour l'emporter. Quelque chose s'est immobilisé, s'est pétrifié.

– Tu réponds pas ? T'es blessé ou quoi ? T'es mort ?

Rires gras et pluriels à nouveau. Plus proches. Et vlan ! Une grande tape dans le dos qui manque de le faire basculer. Le jeune homme sourit.

– Pardon, dit-il.

– C'est bon, t'as réveillé personne. On dormait pas. Ha ! Ha !

Trois hommes l'entourent. Dumestre, barrique montée sur deux jambes raides, cou de taureau, tête large et plate, visage pourpre dans lequel les yeux affleurent, légèrement exorbités, semblables à deux escargots de Bourgogne. Farnèse, furtif, yeux clairs, ton sur ton avec le teint gris, d'une maigreur spectaculaire, une maigreur alcoolique. Peretti, hanches larges, poitrine creuse, jambes arquées, mâchoire inférieure qui se confond avec

13

la gorge, regard intelligent et craintif à la fois, bouche de petit garçon fautif.

Trois hommes. Il est le quatrième. C'est une partie de chasse. Rigolade, bière, sang chaud, odeur de chiens, de cuir, d'acier, de bois.

Tristan lève une main vers son visage, inspire. Le parfum d'orange du torchon s'est piégé dans sa paume. Il apaise son cœur emballé.

– Les chiens te font la fête, dis donc ! C'est pas possible ! Un succès pareil avec les clébards. T'es l'ami des animaux, toi, pas vrai ?

Oui, pense Tristan, qui sent le cœur du lapin palpiter trop lentement, trop sourdement contre l'os de sa hanche.

Vis, ordonne-t-il silencieusement au lapin. Si tu vis, alors tout est possible. Ce qui est raté sera rattrapé.

Les trois chasseurs l'entourent. Farnèse lui donne un coup de poing amical dans l'épaule. Peretti lui assène une calotte légère sur l'arrière du crâne. Dumestre le dévisage.

– T'as vu quelque chose ? Pourquoi t'as tiré ?
– Le coup est parti tout seul, dit Tristan.
Les trois autres se marrent.
– Éjaculateur précoce ? fait Dumestre.
Farnèse et Peretti rient de plus belle.
Tristan rit avec eux.

La chasse, c'est une idée d'Emma. Une bonne façon de s'intégrer, lui a-t-elle dit. On n'y arrivera jamais si tu ne t'intègres pas. Les hommes d'ici ont des habitudes, des joies que tu dois partager. Les femmes me rejetteront quoi que je fasse. Mais toi, tu as une chance. Tu peux y arriver. Fais-le pour nous deux. Fais-le pour moi. Je ne peux pas vivre seule. Même seule avec toi. Notre amour en mourra. Nous avons besoin des autres. Moi, j'ai besoin d'eux. Pour nous, pour que tu continues à m'aimer.

Tristan sait que s'il brandissait le lapin moribond à cet instant, il aurait gagné.

La chance du débutant, se moqueraient les trois autres, mais ils lui accorderaient le respect. Tristan s'intégrerait et Emma serait rassurée.

— À une autre époque, j'aurais pu aller à l'église le dimanche, dit-elle. Ça aurait suffi. Mais plus personne n'y va. Alors...

— Alors d'accord, je vais chasser avec eux.

— Tu vas voir, c'est rien, c'est facile.

— Facile de tuer un animal innocent ?

— Tu n'auras pas besoin de tuer. Tu les accompagnes, c'est tout. Tu les imites, tu parles comme eux. Tu ris à leurs blagues. Tu les félicites. Tu leur demandes des conseils. Ils te prendront sous leur aile.

— Ils me traiteront de pédé.

— Mais non. Ils ne savent même pas ce que c'est. Fais-moi confiance, mon amour. Vas-y. Redresse les épaules. Là. Fais ton regard viril.

Il fronce les sourcils.

Elle éclate de rire.

— Même toi, tu n'y crois pas.

— Mais si, j'y crois. Je te mangerais tout cru, tiens.

Elle l'embrasse. L'odeur qui monte d'entre ses seins, pointue et fade à la fois, enivre Tristan, le durcit, l'exalte.

— C'est bon, tu as gagné. Dimanche, j'irai.

— Pas à la messe, à la chasse. La chasse, dit-elle, ça existera toujours.

Emma est plus grande que lui. Plus lourde aussi. On dirait un chef indien, se dit-il parfois. Il adore son corps. C'est son pays. Le seul territoire où il se soit jamais senti chez lui. Il en est devenu le cartographe, l'expert.

– Qu'est-ce que tu fais ? demande-t-elle.

– Je te regarde.

– Encore ?

Il hoche la tête.

Tristan ne sort pas le lapin de la gibecière. Il attend que les chiens se calment, flairent une autre piste. Une poule faisane sort en s'ébrouant d'un taillis. Elle avance lentement, d'un air circonspect et stupide. Farnèse la vise, doigt tremblant sur la détente. Il tire.

– Putain, Farnèse, crie Dumestre, tu lui as bousillé la tête. Quel carnage !

L'oiseau court, décapité, sur un ou deux mètres, fontaine de sang sur pattes.

Tristan réprime une envie de vomir. Il glisse la main dans son sac. Caresse du bout des doigts le dos du lapin, sent une vibration infime sous la pulpe de son majeur. Ne meurs pas, pense-t-il.

Je ne meurs pas, répond le lapin muet. Je persiste. J'entame une vie nouvelle, un surplus. Je considère notre rencontre comme un miracle. Je ne sais pas comment tu t'y es pris, jeune homme gauche, ami des animaux, mais tu n'as touché aucun organe vital. La preuve, je pense. La preuve, je persiste. Je me concentre pour cicatriser le plus vite possible. Je te promets de ne pas perdre de sang. Je commande à mes veines de conserver leur intégrité. Le plomb n'a fait qu'effleurer mon museau. J'ai été assommé. Je ravale le filet de bave écarlate qui tache mes babines. Tu es la chance de ma vie. Je n'ai plus faim. Tu m'as sorti de l'urgence. Me voici prélevé hors de mon destin. Jeune homme, tu es plein de bonté. Je t'adore.

Les chiens reniflent la dépouille du faisan. Ils grognent, ils jappent. Farnèse regarde la terre entre ses pieds. Il a honte. Tristan ne comprend pas pourquoi.

— C'était bien visé, quand même, risque-t-il.

— Il est marrant, le jeune, dit Dumestre. T'es marrant, répète-t-il à l'intention de Tristan. C'est de l'humour, hein ? Moi, j'adore ça, l'humour, mais c'est pas facile. Faut pas croire que ça vient tout seul.

Tristan acquiesce. Il n'est pas certain d'avoir passé l'examen avec succès. Il est catalogué « rigolo ». Ce n'est pas ce qu'Emma avait en tête. Elle pensait Ulysse, elle pensait Jason, Achille, à la limite. De quel trophée ses bras seront-ils chargés lorsqu'il franchira le seuil de leur maison ?

— On se boit un jus ?

C'est Peretti qui régale. Il a emporté une bouteille Thermos. Les quatre utilisent le même gobelet. Le café est très fort et très sucré. Il a un arrière-goût de fer.

— Ça fait du bien, dit Tristan.

— C'est parce que c'est chaud, dit Peretti.

– C'est parce qu'on est là, dit Dumestre. Tout ce qu'on mange en forêt, tout ce qu'on boit en forêt est meilleur. C'est à cause de l'air. Surtout le matin, comme là. Les feuilles suent pendant la nuit. Quand tu respires, l'air qui va dans tes poumons est pas le même. Il est chargé de la sueur des feuilles. Le café, pareil.

– Tout ça, c'est dans ta tête, dit Farnèse.

– T'es con, dit Dumestre.

– C'est toi qui es con.

Tristan se demande comment une dispute se termine quand on a un fusil chargé à la main.

— Tu es sûre qu'il faut que la femme soit découpée vivante avant d'être brûlée ?

— Oui. Pourquoi ? Ça ne te plaît pas ?

Tristan pose sur la table de la cuisine les pages chaudes qui sortent de l'imprimante. Emma le regarde, un air de défi dans les yeux.

— C'est comme ça, maintenant, explique-t-elle. Il faut tout dire. Aller au bout. Les gens sont anesthésiés. Il faut les choquer, les réveiller. On a tout vu, tout entendu. Blasé, tu connais ce mot ? Voilà ce que nous sommes. Blasés. Les génies les plus inventifs de nos jours, tu sais où ils sont ? Dans les prisons, dans les asiles psychiatriques. Ils ont tué des gens en série, selon des modèles mathématiques, des modèles philosophiques. Nous avons tellement œuvré pour prolonger nos vies, pour les améliorer, que le dernier refuge de la créativité se loge dans la destruction. L'art doit poser une bombe. Si tu ne poses pas une bombe, tu es mort.

Tristan ne trouve rien à répondre. Emma a toujours raison. Et lui, toujours il traîne, un peu en arrière, comme s'il ne voulait pas regarder les

21

choses en face. Elle écrit des romans. Pourtant personne ne la connaît. Les journaux ne parlent pas d'elle. Nulle part sa photo n'est publiée. Au village, les gens pensent qu'elle fait du tricot, à cause des écharpes longues et lourdes comme des boas constrictors que Tristan porte autour du cou.

Quand il l'a rencontrée, il ne savait pas qu'elle écrivait. Elle était serveuse dans un pub du sud-est de Londres où il allait parfois boire un Sprite en sortant de cours.

– Français ? lui avait-elle demandé un soir, alors qu'il n'avait pas prononcé un mot.

– Comment vous savez ?

– Ça se voit.

– Et vous ?

– Moi aussi. Ça se voit pas ?

En riant, elle était repartie vers le bar sans prendre sa commande. Elle avait baragouiné quelque chose en anglais au patron – chauve à lunettes, bible de poche à la main –, qui se tenait droit comme un totem derrière le comptoir, et avait rapporté une bière à Tristan.

Il n'avait jamais rien bu de semblable. Mais était-ce une boisson, d'ailleurs ? C'était lourd dans la bouche, on aurait dit du porridge, épais, légèrement gluant.

– Il faut s'adapter, jeune homme, lui avait-elle dit, assise à califourchon sur une chaise qu'elle avait retournée face à lui, comme au cabaret, avait-il pensé. Il faut s'intégrer. Le Sprite, c'est un truc d'Amerloque. À Marseille, tu bois du pastis, à

Paris un café, à Londres, c'est la Guinness. Tu comprends ? Et pas à petites gorgées timides comme une mamie qui suçote son thé. À grandes lampées, et après on lèche la mousse sur les babines. Qu'est-ce que tu fais ici ?

– Je viens après les cours.

– Des cours de quoi ?

– De poésie symboliste russe.

– Pour quoi faire ?

– Je ne sais pas. Quand j'étais enfant, ma mère m'a emmené à l'Opéra un soir. C'était *Eugène Onéguine*. Tibia lioubliou Tatianou, je me souviens des paroles.

– Pouchkine n'était pas un symboliste.

– Non.

Comment savait-elle ? s'était-il demandé. Qui s'intéresse à la poésie russe ? Lui-même n'était pas passionné. On l'avait envoyé à Londres pour étudier et, au moment de sélectionner les cours, il s'était rappelé cette soirée avec sa mère. Les larmes sur les joues de sa mère. Il la voyait souvent pleurer, de désespoir, de rage, d'ivresse, d'égarement. Cette fois, c'était autre chose. Il ne comprenait pas quoi, mais il s'était senti infiniment soulagé.

Il n'avait pas eu le temps de demander à la serveuse ce qu'elle connaissait des Russes et du reste. Elle s'était levée d'un bond pour servir d'autres clients.

Quelque temps plus tard, elle lui avoua :

– J'ai eu tellement honte.

– Honte de quoi ?

– De ma façon de faire, de t'aborder, complètement hystérique. Comme un hercule de foire. J'ai beaucoup de mal à contrôler mes émotions. C'est le problème des grands timides. Je ne parle pas de toi. Toi, tu n'es pas timide. Tu es des tas de choses, mais tu n'es pas timide. Moi, oui. Je suis très timide. Du coup, quand je passe à l'action, c'est la panique, j'en fais trop. Je suis ridicule.

– C'est vrai.

– Salaud.

– Je suis franc, déclara-t-il, l'air docte et ironique à la fois.

– Tu es inadapté. C'est ça que je dirais, moi. Complètement inadapté.

Ils étaient assis sur un banc de Brockwell Park dédié à la mémoire de Linda B. Delaweare par son mari aimant.

– Inadapté, répéta-t-elle.

Puis elle se pencha vers lui, brusquement, en grande timide qu'elle était, et l'embrassa pour la première fois. Tristan fut terrassé. Lui eût-on ouvert le ventre avec un pieu qu'il n'en aurait pas été plus surpris ni plus touché. Il y avait tant de vulnérabilité dans ce geste, tant de maladresse. Le désespoir de ses lèvres. Elle embrassait comme un laideron, en ayant l'air de s'excuser.

– Tu es la plus belle femme que j'aie jamais vue, lui dit-il en caressant ses yeux, son front.

– Finalement, j'apprécie beaucoup ta franchise.

Le vent se leva à cet instant, précipitant un gros nuage violet au ras de l'herbe grasse, ployée par la tempête. La grêle tomba. Une averse de cailloux transparents qui s'abattaient sur le bitume des allées encore chaud, imitant la cavalcade de milliers de chevaux minuscules.

Ils coururent jusqu'au garden flat qu'Emma habitait, sans se donner la main, sans se toucher, chacun pour sa peau, effrayés par la puissance de l'air qui les poussait dans le dos, la violence des diamants mitraillés par le ciel, et la certitude qu'ils s'étaient trouvés, que c'était pour la vie, pour toujours, l'amour, le vrai, le grand, alors qu'ils étaient encore si jeunes. Quel gâchis ! songeaient-ils. Quel gâchis ! Abattus par le poids de leur destinée, la responsabilité nouvelle et éternelle, l'effroyable sérieux de leur passion.

– On ne la prend pas ? demande Tristan en désignant la poule décapitée sur laquelle les chiens s'acharnent.

– Non, répond Dumestre. Ça va tout dégueulasser. Excuse-toi, Farnèse.

– Pourquoi je m'excuserais ? réplique Farnèse, menton en avant, fusil braqué sur Dumestre.

– Dis pardon à la poule.

Peretti rit doucement. Il dit : Allez, allez, d'une voix si basse que personne ne l'entend.

– C'est ma faute, lance Tristan, tentant de s'interposer.

Le soleil, qui vient de s'élever au-dessus de l'horizon, pose un doigt d'or accusateur sur le visage de Farnèse. Il plisse les yeux.

– Pardon la poule, marmonne-t-il, canon de fusil vers le sol. Et puis, après un temps : Pardon Dame Nature. Pardon Diane chasseresse, déesse de la forêt. Pardon…

– Ça va, dit Dumestre. Arrête ton cirque. Tu dégommes à la barbare, tu t'excuses. C'est tout. On n'est pas des ordures. On n'est pas des criminels.

Il y a des règles. On n'est pas des tordus. On n'est pas des cinglés.

– On est des braves types, conclut Peretti, sourire toujours aux lèvres.

Tristan sent que quelque chose cloche dans son initiation. Il avait redouté de tuer, mais le spectacle auquel il assiste est plus complexe que la mort.

– On fait quoi, maintenant ? demande-t-il.

– On avance, répond Dumestre.

Tous le suivent. Personne ne parle. Les chiens, gueule en sang, se frottent aux jambes de leurs maîtres, exécutent des slaloms insouciants et risqués, manquant de faire trébucher les chasseurs aux mâchoires serrées.

La gelée fond peu à peu et les godillots glissent sur les feuilles boueuses. La forêt s'ouvre et se referme, de clairières en tunnels feuillus. On n'entend plus que les respirations saccadées des hommes et le vacarme des oiseaux désordonné et harmonique, trilles et sifflets, caquètements et roucoulades. Se comprennent-ils entre eux, se demande Tristan, prêtant l'oreille au babel des futaies. Il fourre la main dans sa gibecière, caresse le ventre du lapin, se rassure au contact de sa fourrure, songe qu'une fois le soleil au zénith, tout sera terminé, il rentrera chez lui, quittera le monde mystérieux de la fraternité virile pour celui, si familier, du couple.

Vivre avec une femme, n'est-ce pas ce qu'il a toujours connu, finalement ? Dans l'enfance, avec sa mère, et aujourd'hui avec Emma. Il en sait trop sur le corps des femmes et trop peu sur celui des hommes. Mais il va apprendre. Sa détermination

27

est forte, elle le porte à chaque pas. Il observe Dumestre, calque sa démarche sur la sienne.

Au bout de quelques centaines de mètres, les quatre chasseurs s'immobilisent. Ils ont atteint le surplomb, s'accroupissent, s'agenouillent et s'allongent dans les taillis. Sous leurs yeux, une cuvette verte, semblable à une vaste piscine emplie de buée. Les chiens sont lâchés. Sans japper, furtifs comme leurs cousins renards, comme leurs frères loups, ils enfoncent leurs pattes fines vers la terre sans déranger une brindille, sans soulever une feuille. Ils procèdent à l'encerclement. Tristan somnole dans la suspension de l'instant. Rien à faire qu'à attendre.

Et si le monde s'arrêtait là, sur la perspective de la tuerie, mais sans une balle tirée ? Ce moment n'est-il pas le meilleur, le plus fécond ? La perfection de l'acte dans la pensée de l'action. Faire, c'est forcément rater. Faire, c'est détruire. L'idée, pour lui, est toujours préférable. C'est ce qu'Emma lui reproche. C'est pour cette raison qu'elle veut le quitter. Je vais partir, dit-elle. Avec toi, rien n'est possible, on stagne. L'amour ne suffit pas. Il faut que tu t'intègres. Elle le répète sans cesse, du matin au soir, parfois gentiment, souvent avec cruauté. S'intégrer, qu'est-ce que c'est ?

C'est vivre selon les lois de l'espèce, répond le lapin. C'est faire ce que l'instinct te dicte. Moi, par exemple, j'ai trois missions : me nourrir, me reproduire, échapper aux prédateurs. Pour toi, c'est plus compliqué, vos vies sont plus longues, vos amours aussi. Je ne comprends pas comment vous faites.

Moi non plus, pense Tristan. Mais je n'ai pas toujours été aussi perdu. Enfant, je planais selon une trajectoire clairement dessinée, ballon lancé dans les airs, doué d'une cinétique évidente.

Tu suivais ton instinct.

Voilà. J'avais faim, je mangeais, j'avais sommeil, je dormais.

Tu désirais t'affranchir ?

Non.

Tu aurais dû.

Pourquoi ?

Psssst. Psssst. Les fusils, lentement, se calent entre les épaules et les cous. Soudain, les chiens surgissent de partout en aboyant. Aussitôt, la cuvette d'herbe embuée se lacère de projectiles, à poil et à plume, chassés de leurs abris, épouvantés. Les coups de feu fendent l'air, assourdissants. Tristan plaque les mains contre ses oreilles et regarde les petits corps happés en plein vol par le néant. Quelques minutes plus tard, le sol est parsemé de dépouilles. Les chiens accomplissent leur travail de croque-morts. Dociles, paisibles, hypnotisés par leur loyauté décérébrée d'animaux domestiques, ils rapportent les cadavres à leurs maîtres, sans lécher une goutte de sang.

Ils sont repus, se dit Tristan. La poule sans tête devait être grasse.

Non, dit le lapin. Ce n'est pas ça. Ils sont dressés. Dressés pour dévorer les rebuts et rapporter les prises. Ils ne confondent jamais. Craignent le bâton. Ce sont, pour nous, de très étranges créatures. Plus tout à fait des animaux, et pourtant pas des hommes.

Les chasseurs flattent leurs toutous, se congratulent, sourient, frappent dans leurs mains. Tristan les imite.

Il est temps de déboucher le vin, de couper le saucisson. On mastique. Tristan redoute la conversation. Dumestre évoque l'entretien des chemins communaux, reproche à Peretti, qui est au conseil municipal, de ne pas assez l'ouvrir, de se laisser embobiner. Il est question de la secrétaire de mairie, de sa poitrine, puis de son fils handicapé, qui jette un froid. Quatre secondes sont nécessaires pour passer de ce coq encombrant à un âne quelconque.

— Pas mauvaise ta piquette !

— Ouais, c'est de la bonne.

Tristan se roule une cigarette.

— C'est mauvais pour la santé, ça, dit Farnèse en tétant le vin à même la bouteille.

— Toi, l'éponge, on t'a pas sonné, fait Dumestre.

Ça va mal finir, pense Tristan en fourrant sa cigarette dans sa gibecière. Il ne l'allume pas. Le lapin renifle le tabac, fronce le museau, éternue. Personne n'entend.

— Tu briques à fond, ma puce, hein ? Tu fais comme maman t'a dit. Tu sais que mamie aime quand c'est propre.

Je brique, pense Tristan, serpillière à la main. Sa mère ne lui a jamais montré comment on brique, mais il comprend ce mot. Grâce au contexte. Grâce à la visite imminente de mamie. Mamie qui est comme maman, mais en plus... en moins...

À six ans, il sait tout faire dans une maison, et il fait tout. Les courses, la cuisine, le ménage, la lessive. Ça, c'est à froid, y a du sang. Ça, c'est à chaud, y a du gras. Leur petit appartement étincelle. Maman est allongée sur son lit. La cendre de sa cigarette tombe lentement sur la couverture, dessine des auréoles noires, des accrocs dont les bords brûlés façon parchemin fascinent Tristan. Il lui tend un cendrier. Elle le pose sur la table de nuit et allume une nouvelle cigarette dont la cendre tombe sur le couvre-lit. Elle avale un cachet. Boit un petit verre. C'est comme ça qu'elle dit : Juste un petit verre, pour oublier, pour que ça fasse moins mal. Tu veux un bonbon ?

31

Non. Tristan ne veut pas de bonbon. Jamais. À cause des caries, à cause du prix que ça coûte le dentiste. Il est au courant de tout. Parfois, il regrette d'avoir tant appris. Quand il était bébé, sa maman s'occupait de lui, de la maison, des repas. Ce n'est pas exactement la vérité, mais c'est ce qu'il croit. Un jour, il a passé l'aspirateur, le lendemain la serpillière. Ensuite, il a eu le droit d'ouvrir les produits ménagers, de tourner les boutons de la gazinière. Chacune de ses victoires s'est accompagnée d'un repli du côté de sa mère. Au bout d'un ou deux ans, le territoire de maman s'est réduit au carré de son grand lit. C'est là qu'elle fume. C'est là qu'elle boit. Là aussi qu'elle pleure en disant : Oh, c'est mal, c'est mal de pleurer pour une maman. Tristan imite sa signature sur les cahiers. Toujours des bonnes notes. Toujours premier de la classe. Il est obligé. Au moindre faux pas, sa mère sera convoquée et c'en sera fini de leur vie à deux, de leur terrier, du soleil qui entre par l'ouest et fait rougeoyer la photo posée sur la commode où maman a de longues tresses, un large sourire et une robe à fleurs si raide, si bien repassée, qu'on la croirait taillée dans du carton.

Finalement, mamie ne vient pas. Ouf, tout le monde respire. On allume la radio et on écoute des chansons en mangeant des chips.

– Tiens, prends ça, dit Dumestre en avançant parmi les ronces. Il tend une perdrix – élégante robe noire à pois blancs – à Tristan. Ça fera plaisir à ta femme.

Tristan secoue la tête.

– Je ne peux pas accepter, dit-il, craignant que le lapin immobile – sans doute endormi dans sa gibecière – ne soit écrasé, horrifié par le cadavre sur son râble. Je n'ai pas tiré. Ce serait de la triche.

– On fait toujours comme ça, insiste Dumestre en poursuivant son chemin, résolu, joyeux. On ne sait jamais qui tire quoi, alors on partage, à la fraternelle. Ça me fait plaisir.

Tristan sent qu'il y a danger à refuser. Il cherche une parade, un prétexte. Mais soudain, Dumestre disparaît.

Au milieu d'une phrase, la perdrix à la main, il est englouti par le sol.

– Merde alors ! Où c'est qu'il est passé ? s'écrie Peretti qui marchait derrière eux.

Ils entendent des craquements, des bruits sourds, une dégringolade, puis plus rien, pas un cri. Un

33

instant, les trois hommes demeurent cois, amusés et horrifiés tout à la fois. On dirait une farce, un tour de magie. Ils n'en croient pas leurs yeux. Farnèse se précipite, Peretti le retient.

– Fais gaffe, va pas tomber, toi aussi. C'est peut-être une ancienne galerie de mine.

– Dumestre ! crie Peretti, en tenant toujours Farnèse par la manche. Dumestre ? Tu nous entends ? Dis quelque chose. Dumestre, putain, parle.

Tristan, après avoir tourné sa gibecière dans son dos pour ne pas écraser le lapin, s'accroupit et rampe vers l'endroit où Dumestre a disparu. Les bras en avant, il tâte le terrain. Le sol s'effrite sous ses doigts.

– Il y a un trou, dit-il, en regardant les deux autres.

– Vas-y, avance encore un peu, fait Peretti qui s'est agenouillé pour lui attraper les pieds. Je te tiens. Regarde si tu vois quelque chose.

Tristan rampe précautionneusement, jusqu'à ce que ses avant-bras soient dans le vide. Il penche la tête. Un tunnel noir s'ouvre sous ses yeux. Il n'en connaît pas la profondeur, n'en voit pas le fond.

– Alors ? s'enquiert Farnèse, fébrile.

– Je ne vois rien, murmure Tristan. Vous n'auriez pas une lampe ?

– Et pourquoi pas une torche pendant que t'y es, dit Farnèse d'une voix tremblante, pleurnicharde. Oh, putain. Putain de Dieu. C'est pas vrai.

– Arrête de chialer, ordonne Peretti. Faut qu'on réfléchisse là. Faut pas qu'on panique.

34

Tristan, toujours penché au bord du trou, tend l'oreille.

– Dumestre, appelle-t-il, d'une voix très douce. Dumestre ? On est là. T'inquiète pas. On va s'occuper de toi. Tu nous entends ? Dumestre ?

Un râle s'élève des profondeurs de la terre. Faible, puis plus fort.

– Il est vivant, dit Tristan aux deux autres. Il est vivant. C'est ça qui compte. On ne panique pas. On appelle les pompiers. Ils vont envoyer un hélicoptère.

– Comment tu veux les appeler ? demande Peretti. On n'emporte pas les téléphones à la chasse. Manquerait plus que nos bonnes femmes nous dérangent.

Tout doucement, Tristan recule en se trémoussant et se relève à quelques mètres du trou.

– J'ai mon portable, fait-il avec un sourire. C'est bon.

– Oh, putain, dit Farnèse en l'embrassant. T'es un héros, tiens. T'es formidable. Moi j'étais pas trop chaud pour que tu viennes au départ. C'est vrai, t'es pas d'ici. On sait pas qui t'es, finalement. Mais là, le coup du portable. Putain, c'est génial.

Tristan sort son appareil de sa poche, l'ouvre et constate qu'il n'y a pas de réseau.

– Bouge, bouge, crie Peretti. Vas-y, cours par là, vers la clairière. Ça capte forcément quelque part.

Tristan obéit et se met à courir, téléphone à la main, vérifiant l'écran de temps à autre. Il revient sur ses pas. Court dans une autre direction. Revient. Repart. Court plus loin, haletant.

Dans la gibecière, le lapin se demande ce que le

jeune homme fabrique. Il reconnaît l'affolement, le zigzag, la course désespérée. Se serait-il changé en lapin ? Qu'est-ce qui lui prend ? Est-il poursuivi, pourchassé ? Des fusils sont-ils braqués sur lui ? Le lapin voudrait dire au jeune homme que la fuite est vaine, qu'il vaut mieux attendre, tapi dans la mousse, sans bouger, presque sans respirer.

Au bout de dix minutes de course désordonnée, Tristan revient vers ses compagnons.

– On perd du temps, leur dit-il, hors d'haleine. S'il est blessé, il faut faire vite, le plus vite possible. Ça capte nulle part. Retournez à la voiture et foncez au village. Tenez, prenez mon portable. Dès que vous serez sur la route principale, vous pourrez appeler. C'est ce qu'il y a de mieux à faire.

– Le héros se prend pour un héros, marmonne Farnèse.

– Qu'est-ce que t'as dit ? demande Peretti, les dents serrées. J'ai pas bien entendu, là. Qu'est-ce que t'as dit ?

Il pointe son fusil vers la poitrine creuse de Farnèse. Et Farnèse recule, bute contre une racine. Tombe en arrière.

– Rien, j'ai rien dit. Fais pas chier. Fais pas de connerie.

Peretti baisse son arme.

– Faut qu'on se calme, dit-il. On se calme tout de suite. On y va. T'as raison, le jeune. On part à pied. Tu restes là avec Dumestre. D'accord ? Tu lui parles. Tu te démerdes.

Tristan hoche la tête et regarde partir les deux

hommes qui trottinent dans la côte : Peretti, le pas lourd, comme si la terre du chemin aspirait ses semelles ; Farnèse, léger et claudiquant, semblable à un faon blessé. Autour de son cou, agité par le vent, un foulard indien en soie à motifs vert et rose déroule sa queue serpentine. Tristan note ce détail, sans le commenter. Tiens, se dit-il, Farnèse porte un foulard, et quelque chose dans ce constat résonne comme une énigme.

Le soleil est levé et chauffe imperceptiblement les feuilles, les brindilles, les cailloux, la peau.

Une fois que Peretti et Farnèse sont hors de vue, Tristan s'assied par terre et, très délicatement, ouvre sa gibecière. Les yeux du lapin, semblables à deux noisettes vernies, le dévisagent.

C'est toi qui gagnes, aujourd'hui, chuchote-t-il en caressant l'animal. Je vais te libérer.

Il passe la main sous le ventre chaud, doux et souple de la bête, sent du bout de ses doigts les côtes fragiles, presque friables.

– J'vais crever, hurle une voix venue du fond du trou.

Tristan fourre le lapin dans sa gibecière, qu'il referme sur lui, et rampe de nouveau vers l'entrée du tunnel.

– Dumestre ? Dumestre ? Les secours vont arriver. T'en fais pas. C'est bon. Dans vingt minutes, une heure maximum. T'es blessé ?

– Putain j'vais crever.

– Tu crois que je vais mourir, ma puce ? demande
maman, dont le corps infime déforme à peine les
draps. Seuls ses bras, maigres et secs comme des
branches coupées, ses épaules osseuses et étroites,
sa tête qui n'est plus qu'un crâne – orbites creuses,
pommettes saillantes, mâchoires ciselées sous la
peau tendue – sont visibles. Qu'est-ce que t'en
dis, mon poussin ? Donne une cigarette à maman,
tu veux bien ?

Tristan allume une Dunhill rouge sans inhaler la
fumée qui l'écœure, et la porte aux lèvres gercées
de sa mère. Elle tète bravement. Elle n'a plus la
force de manger ni de boire, seulement de suçoter
le filtre. Tristan est assis sur la table de nuit. Son
long corps sain, musclé, sa peau dorée, tendre et
lisse lui font horreur. Il se trouve encombrant ;
préférerait être un fétu, comme sa mère, voguer
avec elle à la surface du ruisseau faiblissant de la
vie. Il ferme les yeux. Secoue les cendres dans le
cendrier. Introduit de nouveau la cigarette entre
les lèvres avides.

– Putain, je vais crever, murmure maman dans un souffle.

Elle se met à tousser. Le sang jaillit de sa bouche, de son nez, comme si ses veines ne savaient plus le contenir, comme si elle était percée de milliers de trous. Tristan plonge un mouchoir dans la bassine d'eau au pied du lit. Il effleure le visage de sa mère, les doigts légers comme des plumes, mais elle crie.

– Tu me fais mal ! N'appuie pas comme ça.

Elle pleure et dit pendant qu'il la nettoie : Mon grand garçon. Quinze ans. Comment tu peux avoir quinze ans ? Moi j'avais quinze ans un jour. J'étais une beauté. Tu le sais, ça. Tout le monde le sait. Une beauté, la vie devant elle et les hommes à ses pieds. Libre, libre, libre. Personne pour me mettre la laisse. Qu'est-ce que je pouvais m'amuser. On ne s'amuse plus comme ça aujourd'hui. Tu t'amuses, toi ? Tu es trop sérieux. Tu ne penses qu'à l'école. Tu passes le bac, déjà ? C'est trop tôt, quand même. Quinze ans, c'est petit pour passer le bac. Remarque, moi, je l'ai jamais passé, alors j'ai rien à dire. Ouh la grande flamme ! Tu vois la grande flamme. Je vais aller droit en enfer. Sur un toboggan. Zou, les pieds devant. Et toi, tu vas passer ton bac. Toujours sage. Trop sage. Toujours à me juger. Mais moi, moi, tu vois, c'était différent. Les profs ? Des connards. Les notes ? Des connasses. Le système ? Un connard. Je ne me suis pas fait avoir. Et toi, tu fais tout comme il faut. J'en ai jamais connu des garçons comme toi. Ça existe, des garçons comme toi ? Y en a d'autres, des comme toi dans ton lycée ? Je veux dire, exactement comme toi, qui passent le bac à quinze ans, font les courses, le ménage, la cuisine, le linge et torchent leur mère. Ah oui, c'est vrai, c'est pas pareil, c'est pas de la merde, c'est du sang, ça sort pas du même endroit. C'est plus respectable. Mais pour moi, maintenant, c'est pareil. En haut, en bas. La bouche, le cul, pareil. C'est ça la différence quand on est mort. Là, je viens de faire une grande découverte, mon fils. La différence, quand on est mort, c'est qu'il n'y a plus de différences. Alors je suis morte. Je suis morte, Tristan ? Ou pas encore. Dis-moi pas encore. Tu veux faire un tarot ? Ah, non, merde, à deux on ne peut pas. C'est fou le peu de choses qu'on peut faire à deux, tu ne trouves pas. On n'a jamais été assez nombreux dans cette maison. C'est ça le problème. Il aurait fallu faire tout différemment. Mais je n'aurais pas voulu avoir d'autres enfants. Pas la mère de famille avec les marmots qui tirent sur sa jupe, la mère avec les seins qui pendouillent. Non. Plutôt quelque chose dans le style de Blanche-Neige ou de Boucle d'or. Une fille, moi, et sept nains, ou trois ours. De l'ambiance, en fait. Toi, tu ne mets aucune ambiance. Depuis que tu es bébé, aucune ambiance. Tu ne pleurais jamais. Tu pleures, là ? Tu pleures parce que je vais mourir. Putain, je vais crever. J'avais quinze ans y a cinq minutes. J'étais une beauté y a cinq minutes.

À plat ventre sur les feuilles, Tristan inspecte le trou muet. De temps en temps, il appelle, tout doucement : Dumestre ? Aucune réponse ne remonte du puits. Il attend. Il réfléchit.

Descendre. Rejoindre Dumestre. Le ranimer. Le porter sur son dos. Remonter la pente avec le corps de Dumestre qui pèse une fois et demi le sien. Être un héros. Trouver la force.

– Dumestre ?

Le soleil monte et Tristan commence à mieux voir le relief à l'intérieur du tunnel. Des couleurs, fondues au départ mais de plus en plus distinctes à mesure que sa vue s'accommode, apparaissent. Il plisse les yeux. C'est comme lorsqu'on ne sait pas lire et que les lettres, wagons indéchiffrables du train de la phrase, défilent et nous échappent.

La tête penchée reçoit un trop grand afflux de sang. Le vertige s'empare du crâne. La nausée du ventre. D'un bond, Tristan se relève, se frotte les tempes, inspire profondément. Il n'y a rien à faire. Patienter. Les autres ont dû atteindre la voiture.

La voiture de Dumestre.

La clé de la voiture de Dumestre.

Dans la poche de veste de Dumestre.

Au fond du trou dans lequel Dumestre est tombé.

À quel moment s'en sont-ils rendu compte ? Lui vient seulement d'y penser. Il les imagine devant la BX increvable, la BX imprenable, fermée à clé.

Il se représente les coups de pied dans les pneus, entend les jurons. T'aurais pas pu y penser, tête de con ? Redoute la rixe. Les fusils chargés. Le plomb qui démange. Le soulagement de la détonation. Les voit courir, vers la route, faire des signaux. La départementale est à trois kilomètres à peine. Ils n'ont qu'à courir. En une demi-heure, ils y sont, ameutent les automobilistes, appellent les pompiers avec le portable.

Patienter. Deux heures au lieu d'une. Qu'est-ce que c'est ?

Très ennuyeux l'opéra, pense Tristan, douze ans, coiffé comme un enfant modèle, assis à côté de sa mère vêtue d'une robe bleu pervenche, légèrement trop grande, légèrement trop chic par rapport aux chaussures plates à lacets. « J'en ai pas d'autres. C'est pas grave. Qui va voir mes pieds ? On sera assis. On sera dans le noir. »

Ils sont assis, ils sont dans le noir, côte à côte, et, sur la scène éclairée de côté, encombrée de malles peintes en rouge, des femmes chantent très fort. Elles sont trop immobiles, comme si leurs bras avaient été changés en bâtons, leurs pieds en blocs de pierre. De temps à autre, Tristan lève les yeux vers les sur-titres et lit des morceaux de phrases. C'est la traduction. Sa mère lui a expliqué. Ce qui est écrit en haut correspond à ce qu'ils chantent en bas, mais on n'y comprend rien. Tristan voudrait sortir, il voudrait que ça s'arrête. Il a envie de se lever, de grimper sur son fauteuil et de crier : Taisez-vous. Secouez vos mains. Dites un truc marrant.

L'ennui creuse une sorte de caverne en lui, plus sombre et plus vaste à chaque instant. Sur les parois se dessinent d'autres personnages, plus familiers, la caissière du Félix Potin qui lui ébouriffe les cheveux quand il paie ses articles – depuis qu'il a grandi, elle doit se lever un peu de son siège pour atteindre le sommet de son crâne, et lorsqu'elle se rassied, le coussin pousse une sorte de soupir ; Mme Tascaud, son professeur de français, remplaçante aux cheveux longs, aux yeux maquillés, dont la poitrine plate le déconcerte ; Zadie Virlojeux, une grande de seconde qui couche, dit-on, avec le censeur (vieux, très vieux, sévère, laid, costume bleu marine, cravate sale, quelle horreur !) ; Lorette, l'infirmière scolaire, qui lui a dit un jour en lui caressant longtemps la joue : Je suis au courant pour ta maman, tu sais ? Mais au courant de quoi, a-t-il eu envie de demander, sans l'oser, sans courir le risque d'entendre la réponse ; des femmes, toutes sortes de femmes, les murs de la grotte tels des écrans, mais ce n'est pas comme au cinéma, c'est pesant, oppressant, discontinu. Il n'y a pas d'histoire, pense-t-il, considérant que c'est un affront personnel qu'il subit. Sa mère se penche vers lui et chuchote à son oreille :

– Onéguine et Lenski, deux poètes, meilleurs amis.

Qu'est-ce que tu veux que ça me fasse ?

Il lève malgré tout la tête pour regarder les créatures à perruque et col empesé qui viennent d'entrer en scène. L'un est gros et transpire, l'autre avale sans cesse sa salive, on le croirait sur le point de vomir. Deux poètes, meilleurs amis. Bon. À l'autre bout de la scène, deux femmes, une costaude toute rose et une petite très jolie. Leurs amoureuses, pense Tristan. Il va peut-être se passer quelque chose. Mais non. Ils chantent très fort, toujours, avec les bras droits comme des bâtons. La voix d'une des femmes est spéciale. Soudain, c'est comme si l'intérieur de la caverne, de l'immense caverne de l'ennui, s'éclairait.

Alors qu'il ne s'y attend pas, quelque chose lui serre le cœur très agréablement. Un mot inconnu s'est collé à une échelle de notes, la musique a franchi un grand pas et la voix, qui a saisi son cœur, le retourne comme une boule à neige, faisant virevolter les flocons blancs prisonniers du globe de verre empli d'eau. Le russe, pense-t-il, est une langue très mignonne, gorgée de « ou », luisante de sirop.

Il somnole, se gratte le genou à travers le velours côtelé de son pantalon, se berce du son minuscule produit par l'ongle contre le tissu râpeux. La caverne est de nouveau plongée dans l'ombre. Son souffle ralentit. Il s'endort.

Quand il se réveille, la scène est jonchée de malles peintes en blanc. Les deux hommes, les poètes, meilleurs amis, sont face à face. Que font-ils, pistolet à la main ? Tristan lève les yeux vers le visage de sa mère et voit ses larmes couler, enca-drant un sourire. Il regarde son menton décrire un minuscule cercle, dans un sens, puis dans l'autre. Un huit, plutôt qu'un cercle, comme si sa tête dansait imperceptiblement sur son cou. Elle ferme les paupières, sourit plus fort, pose ses deux mains à plat sur le tissu soyeux de sa robe.

L'action s'est déplacée. À présent, c'est seulement le corps de sa mère qui danse sans bouger sur des accords dont l'harmonie complexe convainc Tristan de… Il ne sait pas. Exaltation, jubilation, retard grandissant du cerveau sur les sens. Il n'a pas l'habitude de ne pas comprendre.

Une détonation. Le gros est tombé à la renverse. Il est mort. Deux poètes, meilleurs amis. L'un a tué l'autre.

— Voilà ce qu'on va faire, dit Tristan à Dumestre qui ne répond pas, qui est peut-être mort au fond du trou, avec sa clé de voiture enfouie dans la poche de sa veste. Je vais descendre tout doucement. Je vais m'approcher.

Tristan invente au fur et à mesure. Il ne voit pas comment mettre en pratique le plan qu'il improvise. Les mots sortent de sa bouche, comme un serpent charmé.

— Je vais y aller à tâtons, mains vers l'avant (et comme il dit, il fait), tête en bas. Je m'accrocherai aux racines (et comme il dit, il fait). Voilà, c'est bon, c'est pas trop pentu. J'y vois rien, mais je crois que je t'entends respirer. C'est bien. Ne t'affole pas. Je t'entends. Tu es sur ma droite, je crois, un peu à droite. Oui, voilà, je pose la main sur une pierre. Elle tient. C'est comme un escalier. Là, je rampe. Je m'accroche aussi avec les pieds (et comme il dit, il fait). Aïe, je me suis entaillé le doigt. Rien de grave. Je continue. Ne bouge pas, surtout. Ne tente rien. C'est moi qui viens vers toi. Fais-moi confiance. Je t'entends de mieux en mieux. Tu peux parler ? Dis quelque chose. Ça m'aidera à me diriger. Remarque, j'ai pas vraiment le choix. C'est étroit. N'aie pas peur, je ne vais pas te tomber dessus.

Le boyau se resserre, puis s'élargit, s'aplanit, un reflet ricoche sur une paroi. La montre de Dumestre a capté un rayon de soleil qui s'est faufilé on ne sait comment, on ne sait par où.

Gibecière sur le ventre, Tristan avance à présent sur les fesses, talons en avant. Le lapin est à son affaire. Le plan, c'était son idée. En cas de danger, rien de tel que le terrier. Il y fait frais l'été et chaud l'hiver. Tant qu'on est dans le terrier, on n'a pas de soucis. Le jeune homme est son premier disciple. Un apprenti qui, s'il manque d'agilité, a le mérite de compenser par la prudence. Rien à craindre de la terre. D'elle nous sortons, en elle nous finissons. Une alliée sûre. Une source de réconfort.

Cette ancienne mine, le lapin en connaît tous les recoins. Plusieurs galeries y mènent. Celles creusées autrefois par les hommes sont depuis longtemps effondrées. Restent les autres, aménagées par les bêtes, chacun sa technique, rongeurs, gratteurs, fouisseurs. À certains endroits, des goulets verticaux mènent à la surface, semblables à des cheminées. Il ignore qui en est le maître d'œuvre. C'est par là que le soleil du matin, tout en rebonds, tout en ruses, s'est glissé pour se planter dans le verre de la montre, précis comme l'aiguille d'une dentellière.

– Voilà, j'y suis presque. Dis quelque chose. Non, c'est pas grave, ne parle pas. Ne te fatigue pas. J'arrive. Tout doucement. On ne peut pas tomber plus bas. Mes yeux se sont habitués à l'obscurité. Tiens, ça y est, je te vois. Ton fusil brille. Ta montre. Je touche tes cheveux.

– Putain, le jeune, grogne Dumestre. N'en profite pas.

Tristan se coule à côté de Dumestre. Il voudrait l'étreindre, mais comprend qu'il ne doit faire aucun geste dans ce sens.

– Tu as mal ?

– À ton avis ?

– Tu as fait une sacrée chute. Mais ça va. Tu es vivant. C'est ça qui compte.

– Je n'ai pas mal, geint Dumestre. Je n'ai mal nulle part. Je ne sens rien.

– Comment ça ?

– Je ne sens pas mes jambes, ni mes bras. Je sens ma tête, c'est tout. Tu sais ce que ça signifie ?

Tristan ne répond pas.

– Ça signifie légume en fauteuil roulant. Oh, putain, c'est pas vrai.

– Mais non, c'est le choc, dit Tristan. Farnèse et Peretti sont allés chercher des secours. On va te tirer de là.

– Je suis enterré vivant. Putain.

Tristan ne sait que répliquer. Il glisse la main dans la gibecière, vérifie que le lapin est toujours vivant, lui aussi. L'animal lui mordille le doigt.

– Tu vas me sortir de là, grommelle Dumestre. Tu m'entends ? Je reste pas là comme un con, dans un trou. Tu te démerdes. Tu me remontes là-haut, sinon je te bousille.

Tristan sait que Dumestre ne peut rien contre lui. Bras et jambes paralysés, il est à sa merci.

– Je crois qu'il vaut mieux que tu restes immobile, fait-il. Si la moelle épinière est touchée… j'ai entendu dire ça… qu'il ne faut jamais remuer un blessé.

– Je suis pas un blessé. Je suis le type qui va te réduire en bouillie si tu me sors pas de cette merde. Tu fais ce que je te dis. Putain, j'ai envie de pisser.

– Ah, ça, c'est bon signe, s'exclame Tristan. Ça veut dire que… enfin, tu vois. C'est ce que je pensais. C'est le choc, mais la moelle épinière n'est pas touchée, sinon…

– Épargne-moi le cours d'anatomie, le jeune. Fais ce que je te dis. Tu me sors de là. Et vite. J'ai pas envie de me pisser dessus.

Tristan étudie les parois du trou. Il lève la tête vers la cheminée étroite par laquelle le soleil est venu se poser sur le verre de la montre. Regarde en arrière, là d'où il vient, examine la pente qu'il a descendue. Réfléchit. Il lui semble se souvenir que le terrain, en aval du trou, marquait une forte déclivité. Il remarque que la distance qui les sépare de la lumière à l'aplomb de leurs poitrines est inférieure à celle qu'il a parcourue lors de sa descente. Il dessine mentalement un triangle, calcule sans chiffres, rien qu'à l'aide d'images, d'impacts lumineux, se prend pour Pythagore.

– On va sortir par le bas, explique-t-il.

– Qu'est-ce que c'est que ces conneries ? T'essaies pas de me piéger ?

– Non, non. C'est trop raide par le haut. Je risque de te faire mal en te portant. Et puis je ne suis même pas sûr de pouvoir te porter, en fait.

– Quand on doit sauver un homme, on peut porter le double de son poids, crois-moi. Quand on tue une bête, une grosse, c'est pareil. Peu importe le poids, on la porte à dos d'homme. L'autre semaine, je m'en suis fait une magnifique, un mâle, avec de grands beaux yeux de princesse. Je l'ai touché en plein cœur. J'ai rien abîmé. Une beauté. Eh ben je l'ai porté tout seul jusqu'à la bagnole. Je sais pas combien y pesait, mais quand j'ai passé les bras dessous, j'ai eu le souffle coupé. Après j'ai passé la tête, et comme ça, sur les épaules, je l'ai ramené. On a beaucoup plus de force qu'on ne croit, tu sais. On a peur d'avoir mal, c'est tout.

Tristan se représente le beau mâle avec des yeux de princesse. Il ignore à quelle espèce il appartenait ; Dumestre n'a pas précisé et il n'ose pas demander. Il se les figure, homme et bête, comme sur les illustrations du livre de mythologie grecque qu'il feuilletait enfant. Les dieux, les demi-dieux, les mortels, c'était si bien organisé. Quelle tristesse de devoir y renoncer. Plus personne n'y croyait, lui avait-on expliqué. Pourtant c'est très cohérent, très bien ordonné, avait-il rétorqué – il devait avoir cinq ou six ans. On avait ri de sa naïveté. Mais en Dieu, le Dieu de l'église, avait-il ajouté, il y a encore des gens qui y croient ? Les rires s'étaient tus. Il avait commis une erreur. Il ne savait trop laquelle. Il avait vexé quelqu'un. Il avait vexé tout le monde. Pourtant, c'était logique : si on ne croyait pas aux dieux grecs alors qu'ils étaient si intéressants, si minutieusement décrits, si rusés, si puissants, à quoi bon croire en un autre, unique, plus récent, plus moderne, certes, mais tellement plus triste ? Il n'en avait jamais reparlé. Il mesurait très précisément l'inconvenance de sa réflexion.

C'était une de ces fois où sa mère et lui étaient invités à Vigie. Vigie, c'était le nom du village, ou de la maison, il ne savait pas. Une grosse bâtisse carrée, jaune, avec un escalier à double révolution, des colonnes, des sols luisants comme des lacs, des vases sans fleurs dedans, des chiens hauts sur pattes qui venaient baver dans les assiettes à liseré d'or et monogramme marine, sur l'argenterie, les serviettes, immenses carrés raides comme des draps de lit, qui pesaient sur les genoux et avec lesquelles il ne fallait surtout pas s'essuyer.

Dans le train qui les y amenait, maman lui faisait répéter la leçon. Couverts : toujours de l'extérieur vers l'intérieur. Serviette : aussi blanche à la fin du repas qu'au début. Coudes : hors de la table. Mains : jamais sur les genoux. S'il vous plaît. Non merci. Oui, avec plaisir. Le pain : ne pas y toucher. La conversation : écouter, sourire, ne parler que pour répondre à une question. Souviens-toi de la dernière fois, quelle histoire ! Le regard : assez bas, quelque part entre la nappe et le menton de l'interlocuteur. Tristan connaissait par cœur, mais il répétait la leçon à sa mère qui, les yeux perdus dans le vague de l'autre côté de la vitre du train, était la plus belle femme du monde. À la gare, une voiture les attendait. Maman faisait la bise au chauffeur avant de grimper à l'arrière du véhicule dans un murmure de soie.

Une fois la porte claquée, dans l'allée du parc, elle ne disait pas au revoir à l'homme en livrée, ne le regardait pas. Sur le perron, un monsieur et une dame – elle une dinde, lui un hibou – ouvraient grand les bras avec deux sourires identiques. Les Parisiens, s'exclamaient-ils. Une seconde plus tard, l'enthousiasme était retombé. On leur serrait froidement la main. L'effusion avait épuisé tout le monde.

Juste avant le déjeuner, long et solennel, pendant lequel, malgré tout, on avait le temps de ne rien manger, Astre, une petite fille aux yeux marron, aux cernes violets, au teint bistre, aux lèvres pâles et aux cheveux tirés si fort dans son chignon de danseuse que ses sourcils et ses paupières s'allongeaient vers les tempes comme sur un masque chinois, lui demandait, dans le couloir : Tu as lu, ça ? C'est du nanan ! en sortant de sous sa jupe un illustré dont il ne parvenait pas à déchiffrer le titre. À six ans, il savait lire, mais il était trop distrait par l'apparition et la disparition de l'opuscule sous la jupe à carreaux de la fillette pour réussir à se concentrer. Sans attendre sa réponse, elle sautillait devant lui, le temps de faire danser son kilt, avant de reprendre bien vite sa démarche de sénateur, menton vers l'avant, épaules en arrière, qui la faisait ressembler à la dinde maîtresse des lieux.

Astre était-elle sa cousine ? Astre était-elle jolie ? Était-il amoureux d'elle ?

Dans le compartiment, sa mère lui faisait répéter les noms des convives : oncle Évariste, tante Cyprienne, cousin Luc, cousin Paul, petit Léon, petit Lollet, Vava et Mimi, Jeanne-Christelle, Astre, Amaury, Georgina, Paul Mignon, Cyprienne Mignonne, bébé Louise, bébé Véronique, les jumeaux Arthus et Jean-Christophe ; et puis les amis, bien sûr : Dodo, le préfet, Irène, Gégé, Loulou, la duchesse. Les visages qu'il associait à cette guirlande de noms étaient plus ou moins semblables aux effigies des personnages du jeu de Cluedo. Les jeunes filles et les fillettes avaient la tête de mademoiselle Rose, les messieurs impressionnants ou chenus, celle du colonel Moutarde, et ainsi de suite.

Quand il avait trop envie de sucer son pouce à table, ou que son dos, qu'il n'avait pas le droit d'appuyer contre le dossier de sa chaise, commençait à s'arrondir dangereusement, il se récitait la litanie des prénoms qui jamais n'avait été synonyme de famille.

Combien de fois étaient-ils allés déjeuner à Vigie ? Deux, peut-être trois. Mais on a vite fait de considérer une excursion exceptionnelle comme une habitude quand on n'a que quelques années d'expérience sur terre. Tristan pensait qu'ils iraient là-bas toute leur vie, qu'il se marierait avec Astre et qu'un jour ils ouvriraient grand les bras en haut du perron pour accueillir « les Parisiens ».

Mais il y avait eu un scandale.

Le mot faisait rire maman aux larmes. Un scandale ! Ha ! Ha ! Ha ! s'exclamait-elle. Presque aussi hilare que lorsque Tristan lui avait demandé qui était son père. Ton père ? Ha ! Ha ! Ha ! Je n'en ai aucune idée, mais alors, aucune !

Le scandale. Maman, dans le train. Pas exactement aussi belle, tout le temps à bouger, friable, dédoublée. La robe qui bâille à la poitrine, qui remonte sur le genou. Le regard mou, œil d'huître. Un petit sourire bizarre. À table, une manche qui remonte au moment où elle tend le bras pour attraper la carafe de vin – Voyons, Éloi va vous servir, Amour. Amour, c'était le nom qu'on lui donnait à Vigie. Tristan l'appelait maman, les gens l'appelaient Mme Rever. Sur sa carte d'identité, on lisait Amandine Bartole de La Houssaye.

La manche qui remonte attire les regards, quelque chose au creux du coude. Maman n'entend pas ce qu'on lui dit, elle renverse un verre, puis deux. Elle veut cette carafe. Pourquoi ? Impossible à savoir. C'est son Graal. Elle l'empoigne. Boit au goulot.

– Didine ! s'écrie le préfet.

Dans le train du retour, Tristan examine les bras de sa mère. Il contemple les petits points rouges.

– Ça fait mal ? demande-t-il.

Elle tremble un peu.

– Tu les aimes, ces gens ? demande-t-elle. Moi, je les déteste. On n'ira plus.

Tristan pense à Astre, qui, bien que brune aux yeux marron, s'inscrit dans sa mémoire en blonde aux yeux bleus, comme mademoiselle Rose.

Tristan a creusé droit devant lui, sous les injures de Dumestre. Avec les mains, avec les pieds. Le lapin l'y a aidé. Ne surtout pas réfléchir, se jeter dans la terre comme dans l'eau, comme dans les airs. Tous les éléments se valent. Ne pas évaluer ce qui reste à accomplir, ne pas se féliciter de ce qui, déjà, a été fait. Creuser pour le plaisir en oubliant que la nécessité nous y pousse. Creuser pour l'odeur tranchante et douce qui se dégage à chaque coup de griffe. Y aller les yeux fermés, confiant, armé de sa seule joie. Garder le corps serré, agir de sorte que ce soit la terre qui s'ouvre, de sa propre initiative, mue par son désir de vous accueillir en elle. Provoquer ce désir. Se faire long, se faire doux.

Voilà, c'est bien, c'est ça, exactement, voilà.

Le lapin est de plus en plus satisfait de son disciple. Il apprécie sa docilité, la souplesse de son corps. Mais une chose le contrarie : il ne comprend pas pourquoi Dumestre crie, ni pourquoi Tristan le sauve.

Laisse le gros mourir. Blessé et en colère, il ne tiendra pas longtemps.

On ne fait pas ça. On ne laisse pas mourir les gens.

Une mère pour ses petits, d'accord. Le gros qui crie n'est pas ton petit ? (La question est sincère. Le lapin ignore tout ou presque du mode de vie et de reproduction des humains.)

Non, ce n'est pas mon petit, mais nous appartenons à la même espèce. C'est mon frère, si tu préfères. Mon frère humain.

Si c'était toi qui étais blessé, le gros qui crie te sauverait, lui aussi.

Lui aussi me sauverait. C'est comme ça, chez nous.

C'est émouvant, fait le lapin. Non, émouvant n'est pas le mot. C'est au-delà des mots que je connais. C'est une chose que je ne peux pas comprendre, que je conçois à peine. C'est ce que vous appelez l'amour ?

Non.

Tu es sûr ?

Absolument sûr.

– Alors quoi, tu nous refais le tunnel sous la Manche, hurle Dumestre. J'ai envie de pisser, moi. J'ai pas que ça à foutre d'attendre que tu nous fasses traverser une frontière. Je veux juste sortir, putain. Voir le ciel.

Tristan se demande s'il a encore des ongles. Il craint que la terre ne les ait décollés du bout de ses doigts à force. Il continue pourtant. L'humus devient plus meuble, mêlé de cailloux et de feuilles, il y est presque.

Son pouce droit est le premier à jaillir. La sensation de l'air du dehors sur sa chair l'exalte et redouble ses forces. Il rabat les bras le long de son corps et fonce, tête baissée, pousse avec ses pieds, crâne vers l'avant, yeux fermés, bouche close, respiration coupée, comme un homme canon, comme un bébé. Son visage éclot soudain, dans la pente. Personne pour voir ce camée incongru, presque ton sur ton, car la peau de Tristan est brunie par la poussière et la boue. Seuls le relief de son nez et ses yeux bleus qui s'ouvrent sur la vallée le distinguent de la racine noueuse qui affleure à quelques mètres de lui. Il respire. Il sourit. Il a peur.

Le reste de son corps est derrière lui, inaccessible. Il en est coupé, ne le voit pas et doute de le sentir encore. Il bouge une main, puis l'autre, très doucement, redoutant de faire s'effondrer la galerie qu'il vient de creuser. Il faut repartir en arrière, retourner dans la terre, agrandir l'orifice. La fatigue monte en lui, marée d'équinoxe rapide et pleine, effaçant tout sur son passage. Une mollesse d'enfant bercé l'envahit.

– Qu'est-ce que tu fous, bordel ?

Écartant les bras aussi loin que possible de son cou, Tristan se repousse lentement vers l'intérieur de la terre en préservant le hublot de clarté qu'y a découpé sa tête.

– C'est bon, dit-il, d'une voix presque inaudible. On va y arriver, on va y arriver.

De nouveau dans le trou, il vérifie que le lapin respire. Il aurait pu l'écraser lors de son ultime poussée. Mais le cœur bat toujours. Les babines remuent.

– Où est Journal ? demande soudain Dumestre, d'une voix affolée.

Journal, c'est son chien, un springer spaniel. Il l'a présenté à Tristan avec plus de soin qu'il n'en a pris pour lui parler de ses enfants, deux garçons (l'un informaticien, l'autre gérant d'un magasin de sport, des grosses têtes). Il l'a appelé Journal parce que c'est pas commun et puis aussi parce qu'il lui apporte son journal le soir, quand il rentre de travailler.

— Journal, tu trouves ça bien, toi ? lui a demandé Dumestre. Comme nom de chien, je veux dire ?

— Oui, ça sonne. C'est ni trop long ni trop court.

— C'est pas prétentieux non plus, a remarqué Dumestre en caressant tendrement la tête blanche tachée de roux. Ce chien, tu vois, c'est… comment te dire ? C'est moi, sauf que c'est un chien.

Leur amitié, si on peut nommer ainsi le sentiment vagabond et furtif qui les unit, est née ce jour-là, à cet instant, autour de cet aveu. Parce que Dumestre avait trouvé le courage de le faire et que Tristan ne s'était pas moqué.

— Oui, je vois. Tu le comprends et il te comprend.

— Putain, le jeune, tu me fais plaisir. S'adressant à Journal : Il me fait plaisir. On boit un coup ?

Tristan était passé, sur les conseils d'Emma, pour demander à Dumestre de lui prêter un outil.

— C'est un prétexte, lui avait-elle expliqué. Il faut créer le contact. Le reste viendra tout seul.

C'était trois ans plus tôt.

Trois ans pour que Dumestre l'invite enfin à la chasse.

À Londres, c'était différent. Emma et lui étaient deux étrangers. Leur statut était sans équivoque : ils étaient tolérés. Tout était permis, car quels que fussent leurs efforts, il n'était pas question de les assimiler. Assez vite, Tristan avait cessé de se rendre en cours. Il fallait gagner l'argent du ménage. Le salaire d'Emma ne suffisait pas. Il avait dix-huit ans. Tout arrivait trop vite dans sa vie. Il avait l'impression que quelqu'un avait tourné la molette du temps et que son existence se déroulait en accéléré.

Ce dérèglement datait précisément de la mort de sa mère, survenue le lendemain de la dernière épreuve du bac. Il avait aussitôt reçu une lettre de celui qu'elle appelait « notre bienfaiteur » – avec un rien de dérision dans la voix. Le préfet (occupait-il réellement ces fonctions ? était-ce un sobriquet ?) veillait sur eux. Les billets d'opéra, par exemple, c'était son cadeau.

Ce fut lui qui se chargea de l'enterrement. Cendres dispersées dans le Jardin du souvenir.

– Schumann par Benedetti, glissa-t-il à l'oreille de Tristan. Très beau. Le must.

Très triste, pensa Tristan. Lugubre. Sinistre. La mort de maman ne ressemblait pas à ça. La mort de maman, c'était *Summertime* par Janis Joplin.

La pluie blanchâtre dessinait des arabesques maladroites sur le sol.

– Le jeune homme souhaite-t-il disperser les cendres lui-même ? demanda le préposé des pompes funèbres, un garçon d'une trentaine d'années qui zozotait et déployait une politesse excessive.

Je l'ai portée si souvent, pensa Tristan.

L'urne était lourde, ce n'était pas elle, cette masse dense, cette matière opaque. Il aurait aimé pouvoir décrire au croque-mort et au préfet – deux seuls témoins de la scène – la légèreté si particulière qu'avait acquise le corps de sa mère dans les derniers temps. Une brindille, une feuille, les aigrettes d'un pissenlit, plus aucune épaisseur, un corps qui laissait filtrer la lumière, une passoire, un grillage, une toile à beurre. Elle était devenue immatérielle et translucide. Seul son rire conservait encore un peu de chair.

Des jours, des semaines, des mois qui suivent, il ne reste presque rien. Des bruits de pas, des bruits de caisses, une odeur de carton. Tristan obéit aux ordres qu'il reçoit par téléphone, par courrier. Il passe l'été dans le Bordelais. Aide aux vendanges. Le propriétaire de l'exploitation est un ami du préfet. Parfois il l'invite à la table des maîtres. Tristan refuse avec un sourire. Tout le monde est soulagé (le petit vient de perdre sa mère, chuchote-t-on en hochant la tête). Les autres garçons ne lui adressent pas la parole. Ils fument, torse nu, au sommet des coteaux, étourdis de fatigue, de soleil, recomptant mentalement l'argent gagné à se briser le dos.

Tristan ramasse une cigarette tombée d'un paquet entre deux sarments. Il demande du feu au moins farouche de ses collègues. Il inhale. Maman !

Il s'achète un paquet de Dunhill rouges au tabac du village. Les cendres, pense-t-il, je n'aurai jamais fini de disperser ses cendres.

Il lit un livre qu'il a trouvé dans ses affaires. Il ne se rappelle pas l'avoir glissé dans la valise. C'est un petit volume tendu de soie bleu ciel qui tient dans la poche. À chaque pause, le matin en avalant son café, le soir en dînant, et, plus tard, dans son lit, il tourne les pages. C'est la première fois qu'il lit un livre pour lui-même. Il est intimidé. Maman voulait toujours qu'on lise le journal. Il s'exécutait à voix haute et claire. Elle appréciait sa diction, faisait des commentaires, lui garantissait que, bien informé, il aurait les moyens de diriger sa vie, de ne pas se laisser berner, de prendre le pouvoir.

– Les faits divers, on lit aussi ?

– On lit tout ! Il faut savoir de quoi l'homme est capable. Le viol, le vol, le meurtre, tout ça, c'est inscrit dans nos gènes. Ça te fait peur ?

– Non.

Et il lisait des phrases qui toutes demeuraient à la périphérie de son cerveau. La rumeur du monde, certes, mais il n'y participait pas, n'y participerait jamais.

Le petit livre bleu est très différent ; il a un pouvoir particulier. Jusqu'à celui-ci, les ouvrages qu'il lisait (toujours pour l'école, jamais par plaisir) laissaient, dans le meilleur des cas, une trace dans son esprit, ils peuplaient sa mémoire. Ce récit-là ne pratique aucune effraction. Monde à l'envers : c'est Tristan qui entre dans le papier, s'y perd, s'y dissout. Il y a des monstres, des femmes sirènes, des créatures à cent yeux, des gouffres, des bêtes qui parlent, des rivières enchantées. C'est son domaine. Une seconde suffit. Il ouvre une page, n'importe laquelle, et à peine son regard s'y est-il posé, qu'il est englouti.

Il n'en parle pas. Qu'en dirait-il ? Il ignore si c'est normal. Il se rend compte que sa mère en voulant le préparer au pire a négligé de lui apprendre l'ordinaire.

À la fin de l'été, la voiture du préfet le conduit à l'aéroport. London-Heathrow clignote sur un panneau d'affichage. Il logera chez Mrs Klimt, à Seven Sisters. Une somme d'argent lui sera envoyée par mandat chaque mois. Il suivra des cours dans une école de langues. Une mise à niveau. L'année se dessine devant lui, hérissée de contraintes, de nouveautés, de règles. Le préfet a tout prévu, tout écrit.

— Ce carnet, dit-il à Tristan en le lui confiant, est ton vade-mecum. Tu as fait du latin ? Peu importe. Disons que c'est comme au jeu de l'oie. Si tu suis à la lettre chaque page, comme tu avancerais ton pion sur les cases, je viendrai assister à ta remise de diplôme dans quatre ans et nous irons fêter ça au Savoy. Huîtres et champagne à volonté.

Tristan fronce les sourcils. Il connaît mal le jeu de l'oie mais se souvient qu'une fois à l'école primaire il était tombé sur Prison et y était resté jusqu'à la fin de la partie.

Seven Sisters. Malgré son anglais rudimentaire, Tristan sait que cela signifie Sept Sœurs. Comment une station de métro, un quartier peuvent-ils porter ce nom ? Qui étaient les sept sœurs, et comment lui, fils unique, peut-il se retrouver là-bas ? Durant le trajet en train, puis en métro, puis en bus, il pense à sept jeunes filles aux cheveux blond cendré, aux lèvres rose pâle, taches de rousseur sur nez pointu, longues mains et pieds dodus.

À chaque arrêt de bus il demande au conducteur si c'est là qu'il doit descendre. L'homme à casquette et buissons de poils roux jaillissant des oreilles secoue patiemment la tête, jusqu'au moment où il finit par hocher le menton, ce que Tristan prend pour un acquiescement, une bénédiction muette.

Une fois sur le trottoir, il consulte le plan dessiné à la main, à la page 3 du carnet. Le tourne dans un sens. Dans un autre. Le soleil fait luire les touffes d'herbe qui poussent entre les pavés. Au-dessus, le ciel parsemé de petits nuages joufflus rosit lentement.

– Excuse me, where the street ?

Tristan montre son plan du doigt. Il s'est adressé à une femme en fichu, qui pose son cabas par terre, chausse ses lunettes, se prend le menton dans la main, étudie le dessin en toussotant, regarde à droite, à gauche, sourit à Tristan et lui rend son carnet sans avoir dit un mot.

Elle s'éloigne, lentement, sans se retourner.

La gorge de Tristan se serre. Il ne comprend pas où il est, ne parle pas anglais, ne comprend pas qui sont ces gens, ni où ils vont. Personne ne sait qu'il existe, personne ne se soucie de lui. Il pourrait disparaître. Il se sent si infime qu'une fissure dans la chaussée suffirait à l'engloutir. Il a froid. Il a faim. Il est fatigué. Il a envie de pisser. Il est seul au monde.

Emma le lui dit souvent : Toi, tu es seul. Tu n'y peux rien. C'est ce que tu connais le mieux. La solitude t'est familière. Emma accumule les formules qui toutes signifient la même chose, comme un reproche qu'elle lui adresse, qui glisse sur lui, qu'elle lui adresse de nouveau, encore et encore, comme si elle attendait qu'il lui demande pardon.

On croirait deux rescapés après l'explosion d'un volcan.

Leurs vêtements sont déchirés, couverts de boue, leurs visages, leurs mains poudrés de terre.

Ils sont allongés, côte à côte, sur la pente, ils reprennent leur souffle.

Tristan sent qu'il a accompli un exploit, mais que cet exploit n'est rien comparé à ce qui les attend.

Après avoir réintégré le tunnel, il a agrandi l'ouverture, est ressorti étudier le terrain, la pente qui allait les accueillir. C'est bon. Plus raide, ils glisseraient jusqu'au fond de la vallée, alors que là un genre de faux plat, une terrasse qui surplombe la vaste cuvette d'herbe verte, a été façonné par le destin.

Tristan a saisi Dumestre par les chevilles et, doucement, a tiré vers lui.

– Plus fort, a crié Dumestre. Plus vite. Qu'est-ce que tu fous ? Je suis pas en sucre. Je sens rien de toute façon, et cassé pour cassé. Grouille-toi. J'ai de la terre plein la bouche. Ça va s'effondrer là-haut. Je vais me pisser dessus. Putain, le jeune, tire un bon coup.

Alors, de toutes ses forces, en prenant appui sur ses genoux, sur ses pieds, il a empoigné les godillots de Dumestre et s'est arc-bouté à l'entrée du trou pour l'en dégager.

À peine l'a-t-il sorti que la galerie qui les abritait s'est écroulée sur elle-même dans un grommellement de bête à l'agonie.

Qui va parler, à présent ? Que vont-ils se dire ?

Tristan se sent terrassé par une timidité formidable.

– Quelle heure il est ? demande Dumestre d'une voix douce.

Tristan regarde sa montre.

– Midi.

– Midi ? Putain, ça fait des heures qu'on est là. Qu'est-ce qu'ils foutent ?

Ils donnent des coups de pied dans les pneus de la BX imprenable, songe Tristan. Ils s'engueulent, se battent, un coup qui part, un autre. Ils s'entretuent.

– Je ne sais pas, dit-il. Peut-être qu'ils ont eu du mal à retrouver la route.

– Déboutonne-moi, le jeune. J'ai plus de mains, j'ai plus de bras. Faut que je pisse.

Ah, pense Tristan. Bien sûr. Le déboutonner. Il n'a plus de mains, plus de bras, mais…

Prenant appui sur son coude, il se penche sur le corps de Dumestre, défait son ceinturon, les trois boutons de son treillis et attend. Il ne sait pas quoi au juste.

– Fais pas les choses à moitié, ducon. Qu'est-ce que tu crois, que le coucou va sortir tout seul comme dans une horloge suisse ?

Ah, pense de nouveau Tristan. Bien sûr. Le coucou.

Les yeux loin, loin vers l'horizon, il fourrage dans le pantalon de l'infirme. Ses doigts ne lui appartiennent plus. Coton rêche, jersey souple, peau douce comme celle d'une paupière d'enfant. Voilà. C'est fait, c'est pas grand-chose, finalement. Il fait basculer légèrement le corps de Dumestre sur le côté afin que celui-ci ne se mouille pas et, tout en écoutant la chanson grave et carillonante du jet chaud sur les feuilles rabougries, il observe le ciel qui a soudain changé de couleur au-dessus de la colline, là-bas à l'est, qui surplombe et cache le village.

Dumestre pousse un très profond soupir et se laisse retomber lourdement sur le dos, débraillé, coucou à l'air.

– C'est quoi cette couleur ? dit Tristan en regardant le ciel.

De là où ils sont, depuis leur balcon de miraculés, ils voient les cieux coupés en deux, net. Au-dessus de leur tête, c'est bleu tranchant et vif soleil blanc, en face, à quelques kilomètres à peine, c'est gris acier piqueté de gouttelettes noires, lumière avalée par une faille dans laquelle se déverse une encre brouillonne, subitement sidérée par la longue grimace affamée d'une lampe à arc.

– La fin du monde, déclare Dumestre d'une voix indifférente.

Tristan pense à Emma.

De son cerveau affolé fuse une flèche qui se plante à l'entrée de leur maison. Une bicoque dressée bêtement, comme ahurie, sur un champ plat, sans paratonnerre à son faîte. Certaines tuiles manquent. Les poutres s'affaissent par lassitude, déshonorées par la laideur du bâti. Les huisseries jouent. Les courants d'air sont si nombreux que, même par temps calme, une feuille oubliée s'envole toute seule. Notre château hanté, l'appellent-ils en riant pour conjurer la peur qu'elle ne s'effondre, un jour, sur eux.

Un fracas grave et sourd, éructation enragée, grondement paresseux d'un dragon réveillé dans son sommeil, fait trembler la terre.

— Six secondes, dit Dumestre. Pile sur le bled.

— De quoi tu parles ? demande Tristan.

— L'orage, fait Dumestre d'une voix lasse, comme un maître d'école excédé s'adressant à un cancre. Six secondes entre l'éclair et le tonnerre. La lumière voyage plus vite que le son. T'es pas allé à l'école ou quoi ? Cette merde que tu vois là-bas, elle tombe déjà sur eux. Dans quelques minutes, si le vent tourne pas, elle sera sur nous.

Tristan jette un regard alentour. Vers le bas pas le moindre abri. Vers le haut la butte et, au-dessus, sans doute la forêt, mais de là où il est, il ne voit qu'un monticule abrupt et dénudé, un tertre déformé par l'effondrement récent, sans doute truffé de cratères et d'oubliettes.

— La fin du monde, répète Dumestre, et il rit doucement.

– Je crois… fait Tristan. Enfin, j'ai lu quelque part… J'ai entendu dire que la chose à faire en cas d'orage, c'est de se plaquer au sol. Comme ça, on n'attire pas la foudre.

– Moi, de toute façon, dit Dumestre, j'ai pas le choix. J'y suis, plaqué au sol.

– Tu ne sens toujours rien ? s'inquiète Tristan.

– Reboutonne-moi, tu veux ?

Tristan s'exécute. C'est comme s'il avait l'habitude à présent. Pour certaines choses, une fois suffit.

– Tes jambes, tes bras ? insiste Tristan. Toujours rien ?

– Au point où on en est, répond Dumestre. Qu'est-ce que ça change ?

– Essaie quand même. Un doigt, un orteil ?

– T'affole pas, le jeune, c'est foutu, dit Dumestre, et il se met à rire comme un fou, comme un ogre.

Je ne m'affole pas, pense Tristan. Au pire, on sera trempés. On attend que ça passe. Les orages ne durent jamais longtemps. Ce n'est que de l'eau.

De l'eau, songe le lapin. Beaucoup d'eau qui s'abat d'un coup sur un sol instable. L'eau se mêle à la terre, se change en boue, en torrent de boue. Une avalanche lourde et brune qui emporte tout sur son passage. Une rivière épaisse et sans lit, débordée, assoiffée de vitesse, que rien n'arrête et qui entraîne tout, arbres, maisons, voitures, hommes, bêtes.

– Raconte-moi une histoire, demande Dumestre.

C'est étrange, songe Tristan. Et comme s'il s'agissait d'une équation à résoudre, il note mentalement : un corps malade, sans force, une situation désespérée, la menace de la mort… je fais ce qu'on me dit, j'exécute les ordres, je suis l'infirmier, le domestique. Mais dans un cas, c'est ma mère, et dans l'autre, Dumestre. Dans un cas, c'est une femme, et dans l'autre, un homme.

Sors-moi de là, raconte-moi une histoire, allume un feu, allume une cigarette, dis-moi que je ne vais pas mourir, trouve un abri. Les situations sont semblables, mais l'impact est différent, comme si la voix qui ordonnait ne s'adressait pas au même organe. L'une au cœur, l'autre au cerveau. À l'instant, Dumestre est comme mon père, plus vieux que moi, plus grand, terrible, colérique, impatient. C'est une découverte. J'ai l'impression qu'à rester là, seul avec lui, dans la nature qui a décidé de nous engloutir, je goûte enfin à ce qu'est un père, moi qui n'en ai jamais eu. J'aime… et je n'aime pas.

Un père ? demande le lapin. Qu'est-ce que c'est ?

C'est le mâle qui a engrossé ta mère.

Jamais vu, répond le lapin. Jamais entendu parler.

Il n'y a pas eu de mâle auprès de toi, auprès de ta mère pendant que tu grandissais ?

Non. À quoi ça sert, un père ?

À donner des ordres, à enseigner les règles, fait Tristan, sans réfléchir.

Alors ça ne sert à rien, réplique le lapin. Chez nous, il n'y a pas de règles. Nous n'en avons pas besoin. L'instinct, la chance et la poisse sont les trois piliers de nos existences misérables.

Un père, se dit Tristan en regardant Dumestre, pour tenter d'éprouver jusqu'au bout la dureté du contact, la violence contenue du rapport.

– Raconte-moi une histoire, répète Dumestre. Comme à ton môme.

– Je n'ai pas d'enfants, répond Tristan.

– Je sais, dit Dumestre. Alors, comme quand t'étais môme et que ta mère te racontait une histoire.

– Ma mère ? fait Tristan, et il éclate de rire, se plie en deux, en pleure, a mal au ventre.

– Ben quoi, ta mère ?

Tristan rit de plus belle. Il pose la main dans sa gibecière, sur le dos du lapin, pour tenter de se calmer. Reprend son souffle, pousse de petits cris aigus.

– Elle est morte, finit-il par dire. Il y a longtemps. Je venais d'avoir seize ans.

– Elle devait pas être vieille, remarque Dumestre. C'était un accident ?

– Non.

– Alors quoi ? De quoi elle est morte, ta mère ?

Et comme si c'était un conte, une histoire pour enfants, Tristan commence :

– Il était une fois une jeune fille qui s'appelait Astre.

– C'est joli, ça, comme nom, interrompt Dumestre. Alors comme ça, ta mère s'appelait Astre ? Ça commence bien dis donc.

– Non, ma mère s'appelait Amandine.

– Ben alors ? proteste Dumestre.

– Je commence par la fin, annonce Tristan. Parfois, c'est mieux, pour le suspense, de commencer par la fin.

La maison de Mrs Klimt sent la friture et le clou de girofle. Lorsque Tristan pénètre dans le vestibule peint en vert bouteille, si sombre qu'il distingue à peine la silhouette de la femme qui vient lui ouvrir, il est saisi à la gorge par l'arôme écœurant. Une cascade de wilshwarwer'nswishdilworn s'abat sur lui. C'est de l'anglais. La langue que parle Mrs Klimt et qu'il ne comprend pas. Elle allume la lumière, lui prend les mains, le regarde, recule d'un pas, comme pour l'étudier, et se penche afin de saisir la poignée de sa valise.

– No, no, not touch. Très lourd, s'exclame-t-il pour éviter à la vieille dame de se briser le dos.

Elle a des yeux bleus, des cheveux blancs, des pommettes hautes et rouges, des joues creuses, un menton pointu et des dents légèrement en avant. Tristan la trouve très jolie, mais il ignore s'il est possible de penser cela, de penser d'une vieille femme qu'elle est jolie. La seule qu'il ait côtoyée, c'était mamie, et mamie avait les cheveux teints en blond, beaucoup de maquillage et de parfum. À force, c'était comme si elle n'avait plus eu d'âge ni de visage. Pas de corps non plus. Une masse de parfum. Raideur et saturation.

Elle est toujours en vie. N'est pas venue à l'enterrement de sa fille. N'a pas jugé bon de s'occuper de son petit-fils. Après le scandale de Vigie, auquel elle n'a pas assisté, mais qu'une personne ou une autre lui a raconté, mamie s'est fâchée.

– Brûle-moi ça, mon grand, a dit maman en tendant à Tristan une boule de papier.

– Qu'est-ce que c'est ?

– La condamnation à mort de ta grand-mère. Une lettre. Je l'ai lue, tu la brûles et on n'en parle plus. Elle sort de ma vie. Elle sort de la tienne.

– Qu'est-ce qu'elle a écrit ?

– Des méchancetés, des faussetés, des malédictions.

– Elle va te manquer ?

– Non.

– Et quand tu étais petite ?

– Quoi ?

– Elle était gentille quand tu étais petite ?

– Je ne me rappelle pas. Je ne me rappelle rien de mon enfance.

Et, il ne sait pourquoi, Tristan se sent personnellement atteint par cet aveu. Comme si cela menaçait sa propre enfance, comme si sa mère n'avait rien conservé pour lui. Par égoïsme, par cruauté.

Mrs Klimt lui montre sa chambre à l'étage. Moquette bleue épaisse sur le sol inégal et qui craque, banquette recouverte de chintz à ramages turquoise, tableaux aux murs, cadres dorés, paysages avec cascades, chevaux et cavaliers pensifs, commode aux lourdeurs de paquebot, lit très haut à montants de bois sombre, couvert d'un édredon à motifs cachemire.

Tristan n'a jamais rien vu d'aussi douillet.

Mrs Klimt le quitte après avoir prononcé une phrase incompréhensible et enthousiaste. Elle referme la porte.

Tristan est seul, sa vessie le brûle, la faim lui broie l'estomac, mais il ne voit pas comment remédier à ces trois supplices.

Qu'a-t-elle bien pu dire ?

Bonne nuit et à demain.

Ne me dérange surtout pas.

Viens dîner dans cinq minutes.

Les toilettes sont au bout du couloir.

Comment savoir ?

Comment ne pas commettre d'impair ?

Il s'assied sur le lit, qui ploie sous sa carcasse légère d'adolescent et se referme presque sur lui, comme une anémone, comme un nid.

D'autres avant moi ont vécu cela. Le déracinement, la solitude, la confusion, la peur de mal faire. Le pire serait tout de même de souiller la courtepointe ou le tapis. Il envisage un instant de pisser par la fenêtre, mais ne voit pas comment les deux vitres horizontales pourraient s'ouvrir. Pas de poignée, pas de crémone. Rien. Du bois lisse et deux cordes épaisses sur les côtés qui semblent entrer dans l'encadrement et qu'on ne peut faire coulisser. Une prison.

Tristan rassemble son courage, la douleur au creux de son ventre l'y aide. Sans faire de bruit, il ouvre la porte, regarde à droite, à gauche, parie pour le bout du couloir, choisit la porte sur la droite, sa vessie se détend, il éprouve à l'avance le soulagement, la libération. Mais non, c'est un placard. Porte du fond, fermée à clé, porte de gauche, une autre chambre.

Il grogne plus qu'il ne pleure. Pourvu que Mrs Klimt ne l'entende pas. Pourvu que personne, jamais, ne sache ce qui a provoqué ce sanglot.

Une voix s'élève depuis le rez-de-chaussée, une voix interrogative, chantante et enjouée.

Tant pis. Là, sur le guéridon, un vase. Mais avant, essayer la dernière porte. Victoire ! Linoléum noir et blanc, béni, que l'on voudrait baiser à genoux, en prosternation de Terre promise – la salle de bains !

Quelques minutes plus tard, encouragé, rendu à la vie, il se dirige vers la cuisine. Mrs Klimt l'y attend. Elle désigne une théière, une miche de pain gris de la taille d'un porcelet, une soucoupe dans laquelle luit un beurre très blanc et très mou, ainsi qu'une planche sur laquelle trône un énorme cube orange apparemment indestructible.

– Fro-mage ! articule-t-elle avec beaucoup de soin.

C'est un des seuls mots de français qu'elle connaisse. Elle se plaque la main sur la bouche, fait volte-face, se précipite vers le frigo et en sort une grappe de muscat en annonçant, royale :

– La raison !

Tristan la remercie en anglais, se demande s'il convient qu'il se serve lui-même.

Elle disparaît alors, furtivement, sans ajouter un mot, ne lui laissant pas le choix.

Ce pain, ce beurre blanc et mou, ce fromage indestructible sont, à n'en pas douter, la meilleure chose qu'il ait jamais mangée. Éperdu de reconnaissance, incapable de l'exprimer, il range et nettoie tout, une fois son repas terminé.

Mrs Klimt déboule dans la cuisine alors qu'il est en train de savonner l'intérieur de la théière taché de tanin. Il gratte avec l'éponge. Pauvre vieille, elle n'a plus la force de récurer...

Mrs Klimt pousse un cri. Un hurlement plutôt. Tristan s'immobilise. Qu'a-t-il fait ? Quel crime a-t-il commis ?

J'ai briqué, pense-t-il. Rien de plus. Comme pour maman, comme pour mamie.

Mrs Klimt s'empare de la théière, la secoue, la caresse, se lamente.

Et puis elle se calme, presque aussi soudainement, le regarde, lui touche la joue. Ses yeux brillent.

Il se souvient de quelque chose que lui a dit le préfet, sur un fils mort, ou disparu, ou fâché. Il ne sait plus. Il sent qu'il va être très heureux chez Mrs Klimt, qu'elle s'occupera de lui comme personne ne l'a fait auparavant.

– Tu parles anglais, alors ? interrompt Dumestre.
– Oui.
– C'est chouette, ça. Parler une autre langue.
Mes parents parlaient patois. Le patois du coin qui
est pas si différent du français. Sauf que moi, je
le parle pas. Merde, y pleut.
– Qu'est-ce qu'on fait ?
– Qu'est-ce que tu veux qu'on fasse ?
Des gouttes lourdes, fruits mûrs et transparents
du ciel d'acier, s'enfoncent dans leur front, leurs
joues, le dos de leurs mains.
– On pourrait…
– Continue l'histoire. On sera mouillés d'une
manière ou d'une autre. On dira aux pompiers de
nous prêter des habits neufs.
Dumestre ricane, tourne la tête d'un côté, expo-
sant la partie sèche de son visage à l'averse de
clous, l'averse de poignards, l'averse de sabres.

L'école de langues est à quelques pas de la sortie du métro Islington. Tristan se félicite chaque jour de l'itinéraire simple qu'il maîtrise à la perfection. La première fois, pourtant, il a eu quelques difficultés à trouver ; il s'attendait à voir un bâtiment portant une large enseigne sur laquelle il reconnaîtrait le mot « school ».

Rien de tel.

L'adresse inscrite dans son vade-mecum correspond à une maison à un étage, en brique et stuc, étroite, serrée comme la tête timide d'un enfant parmi une foule d'adultes. Juste devant, de part et d'autre du perron à colonnettes, deux carrés de jardin minuscules envahis d'orties et de mûriers sauvages affrontent, avec une arrogance mêlée de honte, leurs voisins garnis de rosiers bien taillés, de capucines encore fleuries, de dahlias exubérants et d'asters fous.

Tristan est le seul élève d'Hector, un homme long, maigre et voûté, dont la pomme d'Adam, remarquablement proéminente, semble douée d'une existence autonome. Hector sert un thé noir, âpre et lourd, à Tristan et parle des heures durant en lui montrant des photographies de navires de guerre, de tanks, de sous-marins. Parfois, il lui fait noter un mot sur le cahier qu'il lui a fourni, des feuilles jaunes avec une petite marge sur le côté droit et des lignes violettes, sans carreaux ni interlignes.

Tout ici est différent, pense Tristan, exalté et déconcerté ; sa solitude se creuse à chaque nouvel exotisme : couleur des biscuits, forme des tasses, taille des cuillères, emballages des chocolats, verre des bouteilles de lait. C'est comme s'il devait tout réapprendre.

Dans les premiers temps, il ne cherche pas à comprendre, à traduire les mots que prononce Hector et qui ne sont pas vraiment des mots, mais plutôt des guirlandes insécables, tordues, ondoyantes, houleuses, sans début et sans fin. Tristan essaie avant tout de convaincre son corps que les formes nouvelles qui l'entourent doivent lui devenir aussi familières que celles qu'il a quittées.

Au bout de quelques semaines, cependant, sans que son esprit se soit tendu vers un quelconque déchiffrage, il se rend compte que le flux de sons s'est transformé en flot de paroles. Il se surprend à hocher la tête et à marmonner, sans l'avoir prémédité, un « hum, nice ! » face à une vignette représentant un destroyer.

Les cours ont lieu le matin. Les après-midi sont libres. Personne ne lui a indiqué de quelle manière il était censé les remplir. Le premier jour, il est revenu chez Mrs Klimt à l'heure du déjeuner. La porte était close, elle ne lui avait pas confié de clé. Il a supposé qu'elle était sortie. Sans doute l'avait-elle prévenu ; elle lui avait expliqué dans son charabia à plume, ondulant, parsemé de consonnes délicates, chuintantes, zézayantes, comme ourlées d'air, qu'il convenait de rentrer en fin d'après-midi. Il n'avait pas compris. Il n'avait pas entendu. Il a été obligé d'inventer.

Face à la porte fermée, il a tenté de déceler une sorte de logique, a pensé aux journées des travailleurs, à celles des écoliers. Elle l'attend, c'est certain, pour le dîner.

Lorsqu'il est revenu la seconde fois, après avoir pris le bus jusqu'au terminus dans un sens, puis dans l'autre, il a trouvé Mrs Klimt affolée sur le perron, décoiffée, les joues plus rouges encore que la veille. Il a discerné le mot « police » dans les phrases essoufflées qu'elle prononçait en tentant malgré tout de lui sourire, soulagée. Il en a conclu qu'on dînait plus tôt en Angleterre qu'en France. Dix-neuf heures n'était pas la limite, la fin de la journée, le début de la soirée. Pour Mrs Klimt, dix-neuf heures c'était la nuit, le danger, la table débarrassée, la vaisselle faite, le couvre-feu.

Le lendemain, il a parié sur seize heures, jugeant que la peur que sa logeuse avait éprouvée – n'avait-elle pas appelé la police ? – signifiait que son retard avait été considérable.

À seize heures, porte fermée. Tristan s'est assis sur le perron. Craignant qu'on ne le prenne pour un vagabond, il s'est relevé bien vite et a entrepris de faire le tour du pâté de maisons, à gauche, première à gauche et encore à gauche, il connaît la méthode pour ne pas se perdre dans une ville étrangère. Cependant, les rues à Seven Sisters (mais peut-être était-ce le cas ailleurs dans Londres) ne permettaient pas d'employer cette tactique. Comme la langue anglaise, les rues anglaises serpentent et se courbent. La géométrie urbaine dans laquelle il avait grandi ne lui était d'aucun secours ici. Il s'était perdu. De retour à dix-sept heures trente, il a trouvé Mrs Klimt courroucée mais calme.

Dix-sept heures. Cinq heures de l'après-midi. Tea time, comme elle l'appelait. Pour le goûter arrosé de thé noir au lait, on dégustait de la tourte à la viande et des légumes à la vapeur de multiples couleurs qui avaient tous le même goût.

NEVER !

Il a identifié le mot grâce à une chanson qu'il écoutait autrefois. Never ! lui a dit Mrs Klimt, une fois le repas terminé, en lui montrant l'intérieur de la théière de son index gauche déformé par l'arthrite, tout en agitant la brosse à vaisselle de la main droite. Never ! répéta-t-elle en mimant l'action de récurer la théière. Never, a dit Tristan en hochant la tête, avant de poser une main sur son cœur. Il jurait solennellement de ne plus jamais nettoyer l'intérieur de la théière. Si c'était là l'enjeu, le secret, le sésame de leur vie commune, il était tout disposé à s'y plier. Never ! s'écrièrent-ils ensemble. Ce fut la première fois qu'il éclata de rire depuis longtemps.

En sortant de chez Hector, il déjeune d'une pomme et d'une tranche de pain de mie blanc extraordinairement souple et douce. Ensuite, il parcourt la ville en bus, en métro. C'est sa routine. La répétition du même. Le bégaiement des journées qui toutes se ressemblent le console et le repose de la douleur persistante de l'exil. Il observe les gens, cherche à percer un mystère, sans toutefois identifier clairement lequel. C'est un peu comme s'il enquêtait sur une affaire de meurtre en ignorant tout du crime : le nombre de victimes, le lieu, la date, l'heure. Il est concentré, tendu, perçoit une sorte de danger, mais, ne sachant par où commencer, accumule les indices dans le désordre, sans hiérarchie : les collants des filles sont épais et troués ; les hommes ont des sourcils très longs ; les chaussures ont l'air confortables (nombreuses semelles en gomme noire) ; les pantalons sont parfois un peu courts ; le port du costume, même chez les enfants, est fréquent ; souvent, dans les transports en commun, les usagers grignotent des barres chocolatées, des chips.

Un après-midi, une jeune femme attire son regard : elle a d'immenses joues blanches couronnées de pommettes roses, des petits yeux bruns enfoncés bien serrés dans son large visage et deux bandeaux de cheveux roux et fins qui lui retombent sur les épaules. Elle est entrée à la station Elephant & Castle et s'est assise face à lui, les chevilles croisées, ses grosses cuisses blanches sur lesquelles la jupe a remonté, bien étalées sur le velours du siège. Ses doigts grassouillets, mais longs et très fins au bout, fouillent dans un sachet et remontent très lentement jusqu'à sa bouche rose pâle et charnue pour y introduire, avec le plus grand soin, une chips. Elle remue à peine les mâchoires, comme si elle refusait de croquer. Tristan pense hostie, il pense sacrilège. Il la regarde faire, toujours lente, toujours appliquée, les mains semblables à celles d'une vierge du Quattrocento, longues et boudinées. Elle est patiente, apaisée, comme si le sachet minuscule posé entre ses cuisses était inépuisable, sans fond, sans fin. Il bande. Il rougit.

Ce n'est pas exactement ainsi que Tristan raconte son histoire à Dumestre. Il ne dit pas tout. Il n'utilise pas de mots comme « bégaiement » ou « arrogance ». Il s'en tient aux faits, hurlés à cause du vent qui emporte ses paroles, du tonnerre qui gronde, de la pluie qui martèle.

Les deux hommes ont décidé de mépriser la tempête. Des ruisseaux frais s'insinuent dans leur col, leurs jambes sont déjà trempées. Les pieds sont protégés par les chaussures, les poitrines par la double épaisseur du chandail et de la veste, mais pas pour longtemps. Bientôt ils baigneront dans la tiédeur trompeuse d'une pellicule d'eau circulant entre leur peau et l'étoffe. Trompeuse car éphémère. La tiédeur ne dure pas. Cette bonne bave deviendra vite glacée à la faveur du vent et de l'immobilité.

Ça, pense le lapin, c'est un problème très grave. C'est votre principale faiblesse. Je ne comprends pas comment vous avez pu vous débarrasser de vos poils. Était-ce par vanité, au départ ? Teniez-vous tant à vous distinguer de nous que vous avez accepté de sacrifier votre toison ? Mais peut-être n'avez-vous pas choisi. Peut-être est-ce une dégéné-rescence naturelle que vous subissez. Vous n'avez rien décidé. Sous vos dehors efficaces, sous vos dehors autoritaires, vous ne décidez rien. Quelqu'un joue avec vous, quelqu'un se joue de vous, mais qui ? Qui peut être assez cruel, assez farceur, assez polisson pour vous priver du système de thermo-régulation le meilleur qui soit ?

Pelage. Le mot lui-même est doux. Et pour quelle raison croyez-vous qu'on y entende, comme en écho, comme à la racine, le mot « peau » ? Justement parce que le poil naît dans la peau, s'y plante si serré qu'il ne laisse pas passer l'eau, mais pas trop pour laisser passer l'air. De cette façon, notre peau respire sans craindre d'être mouillée.

Ça commence déjà à sentir la charogne dans vos habits trop imperméables pour permettre l'exhalai-son de vos pores, ou trop perméables pour empê-cher l'eau de vous envelopper. Votre puanteur est stupéfiante. Jamais senti un truc pareil. À votre place, je creuserais un trou – oui, je sais, quelle que soit la situation, c'est toujours le trou que je propose comme solution, mais écoutez un peu : vous creusez un trou et vous vous déshabillez, vous fourrez vos vêtements dans le trou afin qu'ils restent secs. Vous courez et vous sautez pour vous réchauffer. Votre peau respire, vous êtes lavés, et quand la pluie cesse, vous n'avez plus qu'à vous faire sécher au soleil, ou au vent, ou simplement à l'air, et à remettre vos vêtements. Ainsi, vous aurez chaud. Ainsi, vous serez couverts. Car, oui, je sais, c'est très important pour vous d'être couverts. C'est quoi, au juste, votre problème avec la nudité ?

La nudité, pense Tristan. La nudité… Mais il n'est pas facile de penser tout en parlant, de penser tout en subissant les assauts d'une tempête. Alors des mots éclatent isolément, comme à la surface d'une boue volcanique : nudité, honte, peur, sexualité.

Ah oui, fait le lapin. Le sexe. C'est très important ça, pour vous, le sexe.

C'est important pour tout le monde, contre-attaque Tristan. C'est important pour les animaux, et surtout pour vous, les lapins. Il en rirait presque. Un lapin qui s'interroge sur le sexe, voyez-vous ça.

Nous, réplique le lapin, nous n'appelons pas ça le sexe, nous parlons de reproduction, et je considère, personnellement, que ces deux notions n'ont rien à voir.

Espèce de papiste, s'indigne Tristan.

C'est celui qui dit qui y est, rétorque le lapin. Puis il enchaîne aussitôt : J'ai entendu cette histoire, je ne sais plus trop où, je ne sais plus trop quand : « Ils surent qu'ils étaient nus. » Tout est parti de là, finalement, de votre absence de pelage. Nous, par exemple, nous ne sommes jamais nus. Je reprends. Vous avez exhibé votre peau nue, et cela, semble-t-il, vous a posé beaucoup de problèmes ; des problèmes de désir. Vous êtes devenus obscènes, vous êtes devenus indécents. Vous avez connu la honte et la concupiscence. Ça, c'est le sexe. Chez nous, il n'y a pas tant de problèmes. Nous avons gardé notre pelage, nous avons à cœur de nous reproduire, par instinct, parce que vous nous chassez, parce que vous – pas seulement vous, bien sûr, les renards aussi, et d'autres créatures encore, soyons équitables –, vous nous décimez. Nous n'avons pas le choix, nous ne nous posons pas de questions, nous baisons pour survivre, ça s'appelle la perpétuation de l'espèce. Vous, vous vivez pour baiser, ça s'appelle le sexe. Ce sont deux activités complètement séparées, je t'assure. Je le vois bien. C'est si compliqué pour vous, alors que pour les animaux, c'est fonctionnel. Certains poissons naissent femelles, puis deviennent mâles, parce que c'est pratique, pour aucune autre raison. Et…

Tristan écrase doucement son pouce sur le museau du lapin. Il en a assez. Il veut poursuivre son histoire. Il doit distraire Dumestre. Il raconte parce qu'il est doué de parole, de vraie parole, et d'intelligence aussi, de véritable intelligence. Il raconte, plutôt que de danser nu sous la pluie, parce qu'il n'a pas passé des milliers d'années à évoluer avec obstination et ténacité pour se comporter comme une bête.

– Et t'as pas trouvé ça bizarre, toi, ce prof, tout seul dans sa baraque ? D'où y sortait ce type-là ? Moi, j'aurais pas eu confiance. Quand même, merde, les écoles, c'est pas pour les chiens, c'est plus sérieux qu'un pédophile qui montre des bateaux de guerre à un gamin sans défense.

Dumestre n'a pas apprécié le chapitre concernant Hector. Pour lui, c'est louche.

– Et ça me dit toujours pas de quoi ta mère est

morte, en plus. Oh, putain, j'ai le froid qui me remonte par le bide.

– Et tes pieds ?

– Me parle pas de mes pieds, compris ? Finis ta putain d'histoire et après on verra. J'ai cru entendre une sirène de pompiers. T'as pas entendu une sirène de pompiers ?

– Si, reconnaît Tristan sans ajouter qu'elle était lointaine et avait semblé s'éloigner encore davantage avant de s'éteindre dans le vacarme ambiant.

La lumière a tant baissé d'un coup qu'on se croirait au crépuscule. Pourtant c'est le milieu de l'après-midi. Bientôt l'heure du thé. Ils n'en boiront pas. Pas plus que de ce merveilleux café au goût de ferraille dégusté quelques heures plus tôt.

– Peretti aurait quand même pu nous laisser sa Thermos, grogne Dumestre.

– Dans l'état où on est, on aurait mieux profité de la piquette de Farnèse, répond Tristan dans une tentative maladroite de fraternisation virile.

Le seul fait de prononcer le mot « piquette » le met mal à l'aise. Il préférerait également désigner leur compagnon de chasse alcoolique par son prénom, mais il ne le connaît pas. Quand on ne l'appelle pas Farnèse, on l'appelle Titi. Titi pour Thierry sans doute. Mais si personne ne dit Thierry, alors… alors…

– Te moque pas de Farnèse, dit Dumestre après un silence. C'est un pauvre garçon. Avant il était vif. Il travaillait comme couvreur. L'amour du travail bien fait, il l'avait. Faut beaucoup d'équilibre dans ce métier, beaucoup de calme. Farnèse,

90

on l'appelait le funambule. Il dansait au sommet des toits, jamais encordé, même pour la réfection de l'église où ça culminait à des quinze, vingt mètres. Jamais un casque. Juste une drôle de paire de chaussons de plongée, pas orthodoxes. Tu vois ce que je veux dire. Personne dans le métier en a des comme ça. Les gars, y sont en croquenots. Et lui – c'est là qu'on voit que c'était un original –, il faisait ça en pantoufles de caoutchouc. D'ailleurs ce mot, là, qu'on dirait du grec ou du chinois, « orthodoxe », c'était un mot à lui. Il disait : C'est p'têt' pas orthodoxe, mais ça marche !

« Il avait eu une histoire avec la directrice d'école alors qu'il était encore qu'un môme. La directrice, hein ? Pas l'institutrice. La directrice en personne, qui était une très belle femme. Lui, il devait avoir dans les dix-huit ans. La directrice était pas vieille, la trentaine. Mais bon, c'était l'amour impossible, quoi. Lui, y travaillait comme apprenti, chez Lamalle, le couvreur, mais il avait le goût des choses raffinées. On sait pas d'où ça vient ces bizarreries. Comme le pavot au bord des champs de blé. Une graine avait été portée par le vent jusque dans sa tête à lui, une graine, comme un grain de folie. Par exemple, tu lui mettais un instrument de musique dans les mains – n'importe lequel, hein –, il te le faisait chanter. Alors nous, forcément, on l'appelait le gitan. Le funambule au travail, le gitan au café.

« Il aimait aussi les mots compliqués comme "orthodoxe". Je me rappelle pas les autres. La directrice, elle s'en foutait pas mal de ça, elle en connaissait plus que lui des mots compliqués. Elle, ce qu'elle cherchait, c'était l'aventure. C'était une femme belle, mais c'était une femme triste, et ça, c'est terrible. Ça ne devrait pas exister, une femme triste. C'est ce qu'il y a de plus dangereux pour un homme. Putain, je claque des dents. À combien de degrés tu crois qu'on meurt de froid ?

– Je ne sais pas, fait Tristan, éberlué. (Il s'est laissé prendre par la tragédie romantique de Farnèse, il en a oublié la pluie, le froid, le tonnerre.) Je ne sais pas, reprend-il, mais ce que je sais, c'est qu'on va s'en sortir. Je vais creuser un trou.

– Putain, on vient d'en sortir, du trou ! gronde Dumestre.

– Un trou différent. Un trou comme un terrier. Bien solide, qui ne s'effondrera pas sur nous. Sous terre, la température est constante. Ça, plus la chaleur humaine, on résistera sûrement mieux. On pourra même y passer la nuit s'il le faut.

Aussitôt, il se met à l'œuvre. Comme la terre lui résiste, il en entame la croûte avec la crosse de son fusil.

– J'espère qu'il est pas chargé, dit Dumestre.

Tristan vérifie, retire les cartouches, essuie la sueur froide qui a coulé le long de ses tempes.

Il a failli se tirer une balle dans la tête.

Il reprend, avec la crosse, avec le canon, les mains, les pieds. Il est étonné de savoir quoi faire, d'exécuter les gestes avec tant de précision. Étonné de ne pas paniquer, mais aussi d'évaluer si clairement le danger. Il a compris que ce n'était pas une tempête ordinaire. Ce qui s'abat sur eux, ce qui s'apprête à leur tomber dessus, c'est autre chose.

C'est ce que les contrats d'assurance désignent sous le nom de « catastrophe naturelle ». Mais le terme adéquat serait plutôt « catastrophe surnaturelle », car dans quelques heures, plus rien ne ressemblera à rien. Le haut aura rejoint le bas, le bas remplacera le haut. Tristan n'a pas la moindre expérience de ce genre d'événement, mais c'est comme si une fibre en lui, jusqu'alors restée en sommeil, s'était soudain éveillée, captait les vibrations, les ondulations, les cliquetis, les roulis, les claquements, les grincements. Plus ses mains tâtent la terre, plus elles en apprennent sur la nature de ce qui va déferler sur eux.

Le scepticisme qui l'empêche systématiquement d'envisager l'improbable n'intervient pas. Ce n'est pas une question de plausibilité, c'est une certitude : dans quelques heures, mais peut-être moins – peut-être n'en sont-ils qu'à quelques minutes –, le chaos prendra le dessus. Libéré d'on ne sait où, il étendra sa main monstrueuse, habile à pétrir le monde sans égard pour ses habitants.

Emma.

Emma seule dans leur maison.

Il l'a oubliée. Il l'a abandonnée. Sa femme. Sa femme qui veut qu'il fraie avec les hommes, qu'il s'intègre, sa femme qui l'a envoyé à la chasse. Il a accepté. Elle savait. Emma est comme les anciens. Elle a une science innée de la sauvagerie.

Il ne comprend pas pourquoi il lui en veut tout d'un coup. Comme si elle l'avait trahi, comme si elle l'avait envoyé à la mort. Pourtant c'est elle qui est en danger, dans leur maison mal isolée, à la toiture percée, inondable, peut-être déjà inondée. En lui, comme au-dehors, une tempête se lève. Une voix qui s'est longtemps tue s'élève et gronde. Ils ne sont plus liés, ne sont plus unis à deux contre le monde, ils sont dressés l'un contre l'autre dans un combat qui les oppose. Sa volonté contre la sienne. Son idée contre la sienne. Leur amour a mal tourné. Leur amour s'est changé en association, en meule à moudre les journées. Farine du quotidien. Les égards qu'ils ont l'un pour l'autre le dégoûtent soudain, ce côtoiement poli, cet effort raisonnable pour que leur affaire fonctionne, pour s'intégrer, devenir comme les autres.

Une femelle, ça sert à quoi, chez vous ? demande le lapin. Pourquoi n'avez-vous pas d'enfants ?

Tristan refuse d'entendre cette question, refuse de poursuivre ces pensées malades, ces doutes inspirés par la peur. Il doit creuser. Il creuse. Comme un forcené. Alors qu'il est déjà à mi-corps dans la terre, réchauffé par l'effort, il se glisse hors du terrier pour céder sa veste à Dumestre.

Sortant la tête du trou, il aperçoit son compagnon qui, ne se sachant pas observé, plie un genou puis l'autre afin de se dégourdir les jambes. Au lieu de se réjouir et de féliciter Dumestre pour le retour de sa mobilité, Tristan rampe de nouveau sous terre et interpelle son camarade depuis le fond du terrier :

– Tu veux ma veste ? Je meurs de chaud, là-dedans.

Il s'extrait alors pour la seconde fois et découvre Dumestre, jambes allongées, inertes, qui se traîne sur les coudes pour s'approcher de lui.

– On dirait que ça va mieux, tes bras, risque
Tristan. Et les jambes, toujours rien ?

– Tu veux que je te fasse un dessin ou quoi ?
J'ai la colonne brisée, c'est clair non ? Tu crois
pas que ça va revenir tout seul par l'opération du
Saint-Esprit.

– Désolé, fait Tristan.

Il crapahute jusqu'à son compagnon et pose sa
veste sur la poitrine large de Dumestre.

– Elle est trempée ta pelisse, grogne l'infirme.

– Ça protège quand même un peu, dit Tristan
en bordant du mieux qu'il peut le corps immobile
de Dumestre. Puis il retire son pull et l'entoure
en écharpe autour du cou épais. J'avance bien.
T'inquiète pas.

Ses mains tremblent. Est-ce à cause de la fatigue,
de la faim, de la soif ? Est-ce à cause de la peur ?
Il n'est pas armé contre le mensonge, ne l'a jamais
été. C'est comme une case qui lui manque.

L'habitude. Le quotidien. La vie nouvelle chasse la vie ancienne. Il arrive à Tristan d'oublier qu'il n'a pas toujours vécu à Londres, qu'il n'est pas né à Seven Sisters. Il prononce mentalement les deux syllabes « ma-man ». Il est si bien accommodé à sa mort que c'est presque comme si elle n'avait jamais existé. Et, dans ces moments-là, dans ces moments où il se souvient de qui il était et de ce qu'il a vécu, il se sent terrassé par un chagrin plus profond que celui de la perte. La perte de la perte, voilà ce qui le menace. Un chagrin immatériel, sans frontières, à l'empire infini.

L'anglais vient à sa bouche, se loge dans son palais, derrière ses dents, au bout de sa langue. Sa voix change, les muscles de ses joues, de ses lèvres se réorganisent autour de ce noyau nouveau. Ses mâchoires apprennent à se détendre, à se relâcher, à céder pour laisser les voyelles verticales de l'idiome appris se tenir debout, occuper tout l'espace disponible du nez au menton. Un voile nouveau se crée, un voile qui ressemble à une voile gonflée par le vent du « h » aspiré. On le dit aspiré, mais en vérité il naît de l'expiration. HER, prononce-t-il : longue voyelle uniforme, au garde-à-vous, pas diphtonguée pour un sou, précédée du renflement de son foc palatal. Parfois, il a même l'impression que son visage et son corps se modifient sous l'effet de cet apprentissage. L'anglais l'a pénétré, et voilà que Tristan se sent affranchi de son enveloppe ancienne. Sa voix est différente. Il renaît.

Mrs Klimt lui annonce une surprise. Une visite. Il va être extremely happy. Elle le serre dans ses bras et lui tapote le dos. Tristan maîtrise à présent la chorégraphie du HUG, si différente et pourtant équivalente à celle de la BISE. Souvent, il a eu envie d'embrasser les joues rouges de Mrs Klimt, mais il sait que c'est interdit, aussi interdit que le savonnage de la théière. En Angleterre, on n'embrasse pas avec la bouche, on embrasse au sens propre : on enlace, on prend le corps de l'autre dans les bras, on flatte l'échine. Le visage n'a rien à voir là-dedans, il demeure inactif, au-dessus de l'épaule du partenaire. Au début, comme par réflexe, les lèvres de Tristan cherchaient à se poser quelque part, mais il a vite compris. Le malaise qu'il a créé les premiers temps avec cette bouche française qui tenait absolument à faire claquer un baiser a été suffisamment cuisant. Cela lui paraît ridicule à présent, comme s'il avait demandé à téter.

Il n'a aucune idée de qui va lui rendre visite. Il ne connaît personne. Mrs Klimt a évoqué le bonheur extrême que lui prodiguerait la rencontre. Tristan ne voit pas qui serait en mesure de lui fournir une chose pareille. Extremely happy. Il ne l'a jamais été, ou alors si, enfant, au début. Maman nue qui court sur la plage, maman qui court nue avec son corps d'enfant, pas un corps dégoûtant et bizarre comme ceux des autres mamans. La sienne, sa maman à lui, est toute petite, toute fine, toute nerveuse, toute bronzée. Elle ressemble à Mowgli dans *Le Livre de la jungle*. Elle l'attrape par les pieds et le fait tournoyer autour d'elle. Il s'envole. Il étend les bras. Il vole vraiment. Sa mère a cette force-là, la force de le faire voler.

Le jour dit, on sonne à la porte à dix-huit heures. Les repas de gala sont servis plus tard que le thé de cinq heures chez Mrs Klimt. Tristan lit dans sa chambre un roman que lui a prêté Hector : *Typhoon*. Ce livre, lui a expliqué son professeur, a été écrit en anglais par un homme qui n'est pas né dans notre langue. Joseph Conrad a appris l'anglais, comme toi tu le fais aujourd'hui, et c'est devenu un des plus grands romanciers modernes. On peut changer le cours des choses, vois-tu ? Il n'existe pas, selon moi, de bénédiction ou de malédiction territoriales. Le monde nous appartient. Les langues nous appartiennent. Il suffit de s'emparer d'elles. Elles ne résistent pas. Elles en sont honorées. Hector parle de plus en plus à son élève, lentement, en articulant à l'excès, afin de s'assurer que le garçon comprend. Il est plus que satisfait de son disciple, il est bouleversé par le jeune homme, par sa curiosité, sa docilité, le vide en lui et autour de lui. Hector a eu un fils, autrefois, avec Mrs Klimt, mais on n'en parle jamais, personne ne le sait, Tristan l'ignore.

Typhoon est un livre difficile. Tristan comprend

l'anglais, mais il ne comprend pas encore *Typhoon*. Cela fait trois jours qu'il peine sur la première page. Mrs Klimt l'appelle. Tristan lit le mot « bashfulness », se demande ce qu'il signifie. Il entend son prénom, prononcé par les lèvres de Mrs Klimt qui ne peuvent former le son « an ». Elle prononce Tristam, you don't mind, do you ?

Elle l'appelle de nouveau. Il referme le livre à la page qu'il n'a pas besoin de corner, car c'est toujours la même.

Au bas de l'escalier, il voit une cheville et un escarpin posé sur la première marche. Ceci est le pied de la personne qui va me procurer un bonheur extrême, se dit-il.

Le vent redouble de force. La tempête se déchaîne. On avait annoncé de la pluie, mais on ne s'attendait pas à ça. Les camions de pompiers sillonnent les routes pour donner l'alerte. Ils commencent par évacuer l'école. Les enfants sautent dans les flaques, reçoivent des claques, pleurent. Les adultes hurlent, les poussent, les portent. On leur crie que la rivière est sortie de son lit. Ça les fait rire. Une rivière qui sort de son lit. Ha ! Ha ! Ils rient et pleurent en même temps. Les plus petits appellent leur maman. Les mamans, dans les maisons, se tordent les mains, regardent par la fenêtre, allument la radio. Plus d'électricité. La nuit tombe comme si on avait, d'un coup, tiré un rideau noir au-dessus du village. Les voitures se soulèvent du sol, vacillent, tournoient doucement, puis, comme un troupeau docile conduit à l'abattoir, s'engagent dans les rues, ballottées par un torrent de boue qui roule en grondant. Les soupiraux éclatent sous la pression. Les caves s'emplissent de cailloux, d'eau, de terre, de gravats, de la rivière qui vomit son limon. Les plus aventureux, les braves, les fous, les avares sortent de chez eux en bottes de pêche, pour sauver ce qu'ils peuvent.

Les enfants sont en sécurité dans la salle des fêtes attenante à la mairie, située sur une hauteur. On leur distribue des biscuits rassis qui datent du Noël d'avant. Ils les mangent. Une des maîtresses pleure. Elle dit que son bébé est chez sa nounou. La nounou habite l'ancien moulin, au bord de la rivière. Les pompiers la rassurent, lui expliquent que ça ne va pas durer ; ils ont évacué l'école par mesure de précaution, mais tout est sous contrôle. Elle ne les croit pas. Elle se précipite vers la porte. Elle veut aller sauver son bébé elle-même. Les enfants l'encouragent. Vas-y maîtresse. La maîtresse sait tout faire. Elle sait nager. Elle est forte en géographie. Elle connaît les noms de toutes les rivières, de tous les fleuves de France et peut-être même du monde. Elle sait faire disparaître les bosses et mettre des pansements qui ne se décollent jamais. Ils ont confiance en elle. Mais les pompiers la ceinturent, la grondent, la plaquent au sol. Elle n'a pas le droit d'aller sauver son bébé. Les enfants se jettent sur les pompiers. Ils veulent sauver la maîtresse pour qu'elle aille sauver son bébé. Ils donnent des coups de pied, mordent. Vas-y maîtresse. Ils le connaissent tous son bébé. Elle l'a amené dans la classe quand il est né. Il s'appelle Nino. Il est très petit. Il n'a aucun cheveu. Il est toute la journée en pyjama. Vas-y maîtresse. L'autre maîtresse, celle qui a un grand fils en maison de redressement parce qu'il vole sans arrêt des mobylettes, attrape les enfants par le col et les fait valser en leur criant que s'ils continuent, ils n'iront pas en forêt, pas à la piscine, pas à la fête foraine, ils ne verront plus jamais leur maman. Ils n'écoutent rien. Ils sont comme la rivière. Ils sont sortis de leur lit. Rien ne les arrêtera, rien ne les fera taire.

Mais la maîtresse gentille, la maman de Nino, qui a échappé à la mêlée se dresse soudain devant eux et leur dit : C'est bien, les enfants, maintenant, on va raconter une histoire. Elle ne pleure plus. Elle a retrouvé sa voix normale, sa tête normale. Les enfants cessent leur assaut, s'asseyent jambes en tailleur, comme elle leur a appris à le faire, pour bien se concentrer. Un pompier en sueur, complètement décoiffé, les joues écarlates, lui tend une chaise. Elle s'assied à son tour, pose sa main sur son menton, comme elle fait toujours quand elle cherche quelle histoire elle va raconter.

– Et Nino, alors ? demande une petite voix dans le groupe à ses pieds.

– Nino est très fort, dit-elle.

– Il sait nager ?

– Oui.

– Comment il a appris ?

– Il a appris dans mon ventre, répond-elle.

Les enfants hochent gravement la tête. Bien sûr, se disent-ils, c'est normal. C'est le fils de la maîtresse.

Après les coups de pied dans les pneus, après les accusations réciproques – c'est ta faute ! Et toi, t'aurais pas pu y penser ? –, après les menaces, les mains qui se rassurent en tâtant la crosse du fusil, Farnèse et Peretti ont décidé d'être efficaces. Ils appellent les pompiers. Mais personne ne répond à la caserne.

– Les pompiers, y foutent jamais rien, finalement. Quelle planque ! dit Peretti.

– Y a peut-être eu un incendie, remarque Farnèse.

– Tu vois de la fumée quelque part, toi ?

– Non, mais j'ai cru entendre une sirène tout à l'heure.

– Toi et les sirènes, dit Peretti en rigolant. Pour arrêter de les entendre, faudrait que t'arrêtes de les écouter.

Farnèse ne se vexe pas. Il penche la tête sur le côté. Remarque quelque chose. N'en parle pas à son compagnon. Ignore comment le formuler. Un élément s'est absenté du décor. Il manque une pièce. Comme le pied d'une table, pense Farnèse. Un pilier sans lequel le monde s'écroule. Il cherche. Se creuse la tête. Sait qu'il ne doit surtout rien laisser paraître. Le décor, oui, c'est ça, sauf que ce n'est pas une affaire d'image. Rien ne fait défaut dans le paysage. Tout est en place. Le problème, c'est le son. Pas de chants d'oiseaux. Rien. Ni caquètements, ni pépiements, ni croassements. Rassuré d'avoir trouvé, inquiet, cependant, de sa trouvaille, Farnèse se met en route, Peretti sur ses talons. Ils calculent qu'en marchant d'un bon pas, ils atteindront le village en une heure à peine.

Farnèse trottine, sautille. Il ne sait pas marcher, il se met forcément à courir, c'est plus fort que lui. Peretti peine à le suivre, se souvient du temps où on l'appelait le funambule, avec ses drôles de chaussons de plongée. Il se rappelle aussi autre chose. C'est comme une ombre, un liseré. Ce souvenir-là, il n'en veut pas, mais le souvenir est tenace, il revient, s'accroche à la silhouette bondissante de Farnèse. Le funambule n'était jamais seul. À côté de lui, dans ses pattes, arrimé à son pantalon, il y avait l'enfant.

L'enfant s'appelait Vladimir, mais ça non plus, Peretti ne veut pas s'en souvenir. Qu'est-ce qu'ils avaient pu le charrier à cause de ce nom. Encore un coup de la directrice, disaient-ils. Ils s'en méfiaient tous de cette femme. Tous les copains. Et ils avaient raison. Sitôt le gamin pondu, elle avait disparu, pas de nouvelles, pas d'adresse, pas de cœur en fait.

Vladimir ressemblait à son père comme une pomme à une autre. Même pied léger, mêmes sourire malin, nez pointu, yeux clairs, très ouverts. Farnèse l'embrassait tout le temps, le portait sur son dos, ses épaules, dans les bras. Un temps, ils l'ont appelé le kangourou, mais ça n'a pas pris. Funambule, gitan, c'était suffisant.

Que celui qu'a jamais changé la couche de Vladimir me jette la première pierre ! C'était le genre de blague qu'ils aimaient faire entre eux, parce que Farnèse était le seul, à cette époque, à avoir un enfant et qu'ils l'avaient tous aidé comme ils pouvaient. Bizarrement, les copines ne s'y intéressaient pas. Vladimir était né mascotte. Voilà, c'est ça. Vladimir, c'était pas un enfant, c'était une mascotte. Et ça, les copines le comprenaient pas, mais pour un homme, une mascotte, c'est plus fort qu'un enfant.

Peretti regarde son camarade qui claudique plus qu'il ne court, en réalité, parce qu'à force de tant boire, ses muscles ont fondu, et il ne peut s'empêcher d'inventer un Farnèse miniature, à côté. Sauf que la mascotte ne court plus. La mascotte est tombée du toit. Et ce n'est pas la faute de Farnèse. C'est la faute de cette sorcière, de cette salope, de cette connasse de directrice. Si elle n'était pas revenue, Vladimir serait encore là, ce serait devenu un homme, il aurait lui-même un petit garçon avec un drôle de nom, ou une petite fille avec des couettes et une robe espagnole. Mais la directrice est revenue. Elle voulait le voir. Elle l'a vu. Farnèse a dit à Vladimir : Ben voilà, quoi, c'est ta mère. Et le lendemain Vladimir est tombé du toit.

Un enfant, ça ne tombe pas, répétait Lamalle, le patron qui a été inculpé, parce que le toit, c'était sa responsabilité. Mes apprentis, dans le temps,

105

je les prenais à treize, quatorze ans et jamais ils tombaient. C'est les vieux qui tombent, à cause du vertige, à cause du ras-le-bol, mais les enfants, jamais. C'est si tu réfléchis que tu tombes. Les enfants réfléchissent pas.

Il faut croire que ce jour-là, Vladimir avait réfléchi.

– Allez, presse-toi, dit Farnèse en se retournant. Regarde ce qui nous arrive dessus.

Il montre le ciel. Peretti voit l'énorme nuage, comme un rouleau de laine d'acier prêt à s'abattre sur eux. Il ne reconnaît pas le ciel, n'en a jamais vu de semblable.

– C'est quoi ce machin ? demande-t-il à Farnèse.

Farnèse hausse les épaules. La pluie se met à tomber, très fort, d'un coup, comme pour répondre à la question. Les gouttes font presque mal tant elles sont lourdes. On les croirait chargées de plomb.

Après la mort de Vladimir, Farnèse faisait souvent un cauchemar dans lequel, allongé sur le sol, il regardait le ciel et distinguait des millions et des millions de globes oculaires suspendus au-dessus de lui. Aujourd'hui, c'est comme si tous ces yeux tombaient, et sans pour autant y penser, sans vraiment faire le lien, Farnèse se réjouit, à sa manière, très modestement.

La fin du monde, ouf, pense-t-il, il était temps.

Les deux hommes sont installés dans leur caverne. Tristan a tiré Dumestre le long du tunnel, puis jusqu'au fond du trou qu'il a élargi afin d'aménager une grotte. Au-dehors, la nuit est tombée. À l'intérieur, l'obscurité est si profonde, si épaisse, qu'on croirait une matière. L'absence de lumière s'est changée en ouate. Au début, les yeux se tendent, cherchent un soupçon de clarté, attendent le moment où, la pupille s'étant suffisamment dilatée, le nerf optique transmettra l'information nouvelle au cerveau : non, il ne fait pas complètement noir. Sensation de l'enfance. Éveillé d'un rêve, d'un cauchemar, on ouvre des yeux aveugles. Où est-on ? Où est passée la chambre ? Où est passé le monde ? Mais l'iris rétrécit et le pinceau gris de la lune repeint le décor, le pinceau jaune du réverbère au coin de la rue, la brosse rouge de l'enseigne qui clignote. La nuit se peuple de couleurs.

Tristan allume son briquet, fait admirer les parois à son camarade. Il n'en revient pas lui-même du travail accompli. Seul, à mains nues. Jamais il n'aurait cru posséder cette force.

À l'intérieur, on n'entend pas la pluie, on n'entend pas le vent. Une fois le briquet éteint, on ne voit rien. L'œil se cogne à ce qu'on appelle le noir, mais qui n'est pas plus du noir que du vert ou du bleu. L'œil est destitué ; il n'a pas plus d'acuité que le dos d'une main, le creux d'un genou, il y voit aussi peu que le reste du corps. L'odeur de la terre se mêle à celle de la sueur. Tristan a convaincu Dumestre de retirer ses vêtements. Ils sècheront mieux s'ils ne sont pas sur nous, lui a-t-il dit.

— Tu touches pas à mon slip ! ordonne Dumestre après s'être laissé dévêtir.

— Non, non, bien sûr. T'inquiète pas. Moi aussi, je garde mon caleçon.

Tristan trie les vêtements à tâtons, les étale autant que possible. Les pulls sont moins mouillés que le reste. Les deux hommes les renfilent en se cognant aux parois, en se cognant l'un à l'autre. Ils grognent. Ils se marrent.

— Putain, si on m'avait dit, marmonne Dumestre, si on m'avait dit...

Tristan rallume son briquet, globe orange qui fait renaître leurs visages dans l'obscurité.

Il l'éteint de nouveau.

— Tu connais *La Petite Fille aux allumettes* ? demande-t-il.

— C'est quoi ? fait Dumestre. Une chanson ?

— Non, une histoire.

— Raconte voir.

Alors Tristan raconte, le plus lentement possible, le conte d'Andersen dont il se souvient assez mal. C'est une ruse. Une ruse pour distraire Dumestre de l'autre histoire, celle qu'il a commencé à lui narrer sous la pluie, mais qu'il ne peut poursuivre, là, seul avec lui, presque nu, au fond d'un trou.

Extremely happy, se répète Tristan, tout en évoquant les aventures extrêmement tristes de la petite fille aux allumettes.

Une fillette, un soir d'hiver, sans chaussures, marche dans la neige.

Une jeune fille, chaussée d'escarpins, pose un pied aguicheur sur la première marche d'un escalier londonien.

Et ainsi, comme dans un jeu de point et de contrepoint, les récits se répondent et se superposent.

Ceci est le pied de la personne qui va me procurer un bonheur extrême, se dit Tristan, seize ans et demi, en descendant à la rencontre de sa surprise.

La cheville est fine et dodue à la fois, attache menue et chair abondante, gorgée d'on ne sait quoi, mûre, comme prête à se fendre. La peau scintille entre le bas du pantalon et le cuir du soulier.

De dos, il ne la reconnaît pas.

Alertée par le bruit, par les cris joyeux de Mrs Klimt, la visiteuse se retourne.

De face, il ne la reconnaît pas non plus.

Elle semble plus âgée que lui, mais à peine. La

peau de son visage est grasse, comme si elle venait de l'enduire de beurre. Des petits boutons rouges lui dessinent un diadème à la naissance des cheveux, qu'elle porte courts, comme un garçon. Ses joues sont rondes, ses yeux tristes et marron, ourlés de profonds cernes violets, sa bouche est maquillée d'un rouge brique qui aggrave son teint bistre.

– Tu me reconnais ? demande-t-elle, d'une voix rauque, puissante, autoritaire.

Sans le vouloir, Tristan baisse légèrement les yeux vers sa poitrine. Sa veste et son chemisier ouverts découvrent deux seins parfaits. C'est ainsi qu'il les qualifie pour lui-même, l'entrejambe douloureux, avant de s'avouer : c'est du nanan.

– Astre, dit-il.

– Ouais, répond-elle.

Où est passé ton kilt ? pense-t-il. Et ton chignon de danseuse ? Où sont tes jambes maigres, ton torse creux, tes épaules cagneuses ?

Mrs Klimt est aux anges.

Tristan se demande s'il a changé, lui aussi. Il jette un œil rapide à son reflet dans le miroir mural du salon. Il voit ses mains énormes, beaucoup trop grandes pour ses bras osseux, ses sourcils sans doute plus épais qu'il y a dix ans, sa bouche qui pend un peu, toujours à moitié ouverte, sauf quand il y pense et qu'il la referme sèchement, serrant les mâchoires jusqu'à en avoir mal à la racine des dents. Il a les cheveux plus longs que ceux d'Astre.

Oui, moi aussi, j'ai changé, se dit-il, essayant d'écraser d'une main, qu'il a glissée dans la poche de son pantalon, son sexe qui gonfle, occupe tout l'espace, menace de déchirer la toile de son jean, de tout casser dans cette baraque...

Tristan sourit. Il se trouve marrant. Il se trouve joyeux. Extremely happy.

Astre aussi est drôle.

Elle mange goulûment tout ce que lui donne Mrs Klimt et, en la regardant avec gratitude, une main sur le cœur, elle dit :

– C'est vraiment super dégoûtant, c'est de la nourriture pour chiens, c'est ça ?

Et Mrs Klimt, qui ne comprend pas un mot de français, hoche la tête en disant :

– Yes, oui, oui.

Tristan est un peu gêné de rire aux dépens de sa logeuse, mais c'est irrésistible. Il n'a jamais connu quelqu'un d'aussi intrépide, d'aussi dingue que cette fille.

De son côté, Astre ne rit pas ; elle parvient à garder son sérieux et à conserver des manières de châtelaine qui – Tristan le remarque – impressionnent beaucoup Mrs Klimt.

– Charming girl ! Charming girl ! confie-t-elle à mi-voix à son protégé, les yeux fermés, les mains jointes, comme si Astre n'entendait pas, n'était pas là.

Après le repas, Mrs Klimt refuse que les jeunes débarrassent ou fassent la vaisselle. Elle a une meilleure idée. Elle les installe au salon avec un jeu de Monopoly. Connaissent-ils le Monopoly ?

– Bien sûr qu'on connaît, vieille guenon ! dit Astre d'une voix très douce en multipliant les signes d'acquiescement. Tu peux aller racler tes assiettes pleines de merde.

Mrs Klimt leur apporte des biscuits sur une assiette. Les deux adolescents n'échangent pas un mot. Ils jouent. Font rouler les dés. Acquièrent des propriétés. Vont en prison. En sortent. Tristan gagne. Il devient milliardaire. Astre s'enfonce dans la médiocrité, puis dans la misère. Ils n'échangent pas non plus un regard. Ils jouent. Tristan s'empare des derniers billets de sa partenaire.

— Bon, je vais me coucher, braille-t-elle en renversant par mégarde – une mégarde très contrôlée – le plateau de jeu. Oh, pardon. Tu ranges ? Je suis crevée.

Tristan a l'impression d'avoir manqué quelque chose. Il aurait dû… Il aurait fallu… Il a sans doute commis une erreur, mais laquelle ? Il ramasse d'une main tremblante les cartes et les pions éparpillés. Son souffle est court, sa respiration hachée, comme s'il avait la fièvre.

J'ai tout foiré, se dit-il, sans parvenir à savoir de quel tout il s'agit. À quoi s'attendait-il ? Aurait-il dû la laisser gagner ? Fallait-il qu'il lui dise quelque chose de spécial, qu'il la regarde d'un certain air, à certains endroits ?

La maison est plongée dans le silence. C'est le couvre-feu de huit heures du soir.

Tristan ignore où se trouve la chambre d'Astre. Il sait qu'elle va dormir ici cette nuit. Il peut presque le sentir, dans sa peau, sa gorge, la paume de ses mains. À cause d'une qualité particulière de désœuvrement, un ennui, une lassitude qui s'empare de certaines zones de son corps.

Il reprend son livre là où il l'avait abandonné, à la première page, l'infranchissable première page, qu'il dépasse cette fois, sans effort, sans rien comprendre de plus, voguant à la surface des phrases, animé d'une colère dont il ne sait que faire, cuisses serrés, dans son lit ridicule, esquif pitoyable. Il lit, tourne les pages, avance comme on rame, en produisant un effort mécanique, l'œil absent, l'oreille tendue, guettant les bruits de pas, les grincements de portes, l'eau qui coule d'un robinet, et, beaucoup plus sourd, presque imperceptible, imaginaire en fait, le tombé d'un édredon sur la peau bistre d'un corps éclos.

Il se distrait de sa lecture jusqu'à l'écœurement. Pourtant, sans le secours de la vue et de l'ouïe, absorbées qu'elles sont par de plus urgentes missions, quelque chose en lui, une partie enfantine ou, au contraire, vieille et sage, accepte la lecture, s'en imprègne, en profite, s'y perd, s'en éprend. Il se reconnaît dans le bonhomme, ce capitaine MacWhirr qui ne comprend rien à rien, imperturbable à cause de sa lenteur, à cause de sa bêtise, mais surtout à cause d'autre chose de beaucoup plus secret et compliqué, un élément caché que lui seul, Tristan, pense discerner. MacWhirr a toujours tort et toujours raison dans le même temps ; quand il dit à Jukes, son second : Je vous ai entendu parler pendant deux heures avec le troisième ingénieur, comment peut-on parler pendant deux heures, que trouvez-vous à vous dire, ça me dépasse, Tristan éprouve

114

un sentiment de reconnaissance profond. Lui non plus ne comprend pas ce qu'est la conversation. Il se sent à la fois plein et vide. Plein de sensations et vide de mots. Il lui manque un accès, qu'il se représente comme une passerelle ; mais parfois aussi comme le fil presque invisible d'une toile d'araignée. Ce lien est-il censé se tendre entre la pensée et les mots, ou entre lui et les autres ? Tristan l'ignore. Ce lien qui lui fait défaut, où devrait-il se trouver, au-dedans ou au-dehors de lui ?

Ses yeux se ferment sur cette question, sur le roulis inquiétant qui berce trop fort le *Nan-Shan*, ce navire – mais en anglais, on dit *la* navire et c'est tellement plus joli, tellement plus noble, se dit Tristan conquis par la langue qui l'adopte autant qu'il l'adopte –, ce navire qui file, grâce à l'entêtement de MacWhirr, son capitaine idiot, droit sur le typhon.

Une lumière qu'on éteint le réveille une seconde. Quelqu'un s'est introduit dans sa chambre. Quelqu'un a refermé son livre pour le poser sur la table de chevet. Quelqu'un a actionné le petit bouton de bakélite noire à la base de l'ampoule. Quelqu'un qui lui veut du bien, qui s'occupe de lui, qui veille sur son sommeil. Alors il se rendort encore plus profondément, rapide, aspiré comme dans un siphon par l'absence de conscience, l'absence de lumière, l'absence de soi.

Il dort encore, avec hargne et passion, quand une main se pose sur l'os de sa hanche. Le cristal d'un rire léger comme un pollen se fraie un passage dans son rêve. La main sur son iliaque est la vague contre le flanc du navire, de *la* navire, ce vaisseau hermaphrodite, masculin ou féminin lorsqu'il passe d'une langue à l'autre.

Une langue s'introduit dans sa bouche, entre ses lèvres ouvertes par le sommeil. C'est une langue solide, longue et volontaire, qu'il croit être la sienne, mais non, sa langue à lui dort, lovée dans sa mâchoire inférieure. Une main glisse au creux de son ventre, suivant la pente de sa maigreur, de l'os pointu qui saille aux entrailles vulnérables qui reposent. Une main, une langue et, bientôt, une autre main qui s'affaire, qui s'affole, beaucoup plus agitée, beaucoup plus nerveuse que la première. La deuxième main est un écureuil, le corps de Tristan, un tronc. L'écureuil se démène, grimpe, redescend, creuse, se blottit, décampe. Les mains de Tristan dorment encore. Battoirs gauches et ignares. Les mains de Tristan ne savent pas ce qu'elles ratent. Elles appartiennent encore, malgré leur taille, malgré l'instinct qui les précipitent souvent vers son aine, à l'enfance. Elles seront les dernières à se laisser contaminer, empoisonner, enivrer. Des genoux inconnus et des cuisses impossibles, tant elles sont charnues, tant elles sont lisses et rondes, se substituent aux siens. Tristan devient le/la navire. La houle le fait basculer du masculin au féminin, une bave inconnue, une mouille intégrale enduit sa peau, le noie, l'engloutit. Ses doigts frôlent le drap, remontent le coton déjà froissé d'une chemise de nuit, soulèvent un jupon, un flot de jupons imaginaires, écumes blanches, écumes mousseuses et moites. Sa langue se réveille, appelée au secours par ses mains, lèche ici, suce là. Tout l'équipage est sur le pont, luttant contre les vagues déchaînées, arrimant, souquant, affalant. Tout se soulève pour mieux replonger, dans le profond, l'humide, la mer qui ne connaît plus ni haut, ni bas, ni dessous, ni dessus. Tristan grogne et combat l'hydre aux multiples têtes, aux tentacules innombrables, ses poings martèlent et s'enfouissent, ses doigts se séparent et creusent, et saisissent. On le mord, il mord. On le supplie, il supplie. On l'écartèle, il lâche, il consent. On le domine, il résiste. Ne pas crier, ne pas crier, ne pas crier. Pourvu que ça s'arrête. Pourvu que ça ne s'arrête jamais.

Le rire de nouveau.

— Eh ben voilà, dit Astre de sa voix rauque à faire trembler les murs. Une bonne chose de faite.

Tristan veut lui caresser le visage, comme pour s'assurer que c'est bien elle, que c'est bien lui, qu'ils sont bien là, mais elle repousse vigoureusement sa main.

— Arrête, gronde-t-elle. J'ai horreur du sentimentalisme. Ça me dégoûte. Vous êtes vraiment des ringards dans cette famille.

Quelle famille ? se demande Tristan, sans oser ouvrir la bouche.

— Ta mère, complètement ridicule. Même petite j'avais pitié d'elle. Elle s'y croyait. Mon père l'appelait « Amour », enfin non, pas mon père, mon oncle, le préfet, quoi. Amour ! C'est sûrement elle qui avait inventé ce surnom. Pour qui elle se prenait ? Une rebelle ? C'était quoi, sa rébellion, coucher ? Se piquer ? Boire ? Les trois ? Franchement, l'autodestruction est à portée de tous. Mourir du sida, en plus. Tellement ringard.

Tristan sent sa mâchoire se crisper, ses mains se tendre, les muscles de ses bras se contracter.

– Du sida ? murmure-t-il, alors qu'il voudrait hurler à sa cousine – mais est-ce vraiment sa cousine si c'est la fille du préfet ? – de se taire. Alors qu'il voudrait l'étrangler, la gifler, lui crever les yeux.

– Le sida, tu connais pas ? La maladie des drogués, des homosexuels, des putains comme ta mère ?

Tristan ne répond pas.

– Bon, on le refait ? demande-t-elle, indifférente.

Et ils le refont, comme elle dit, à l'envers, à l'endroit. C'est une leçon, un kama-sutra express, un tour du monde en quatre-vingts minutes.

— Ma mère est morte du sida, dit Tristan, comme en épilogue à *La Petite Fille aux allumettes*.

Dumestre grommelle. Il bâille.

— Putain, je m'étais endormi. Comment ça finit alors ?

— Elle meurt.

— Je m'en doutais, dit Dumestre. Ça pouvait pas finir autrement. Et nous ?

— Quoi ?

— Tu crois qu'on va mourir ?

— De quoi tu veux qu'on meure ?

— Je sais pas. J'ai faim. T'imagines si la perdrix était pas restée dans le trou, on aurait pu se faire un sacré rôti.

— La perdrix ? demande Tristan, hébété.

Il a perdu le fil. Le mot que Dumestre n'a pas entendu et n'entendra jamais résonne encore dans sa tête à lui : si-da, comme deux notes de musique boiteuses. Ma mère est morte du sida. Jamais il n'avait prononcé cette phrase. Il n'en avait pas eu l'occasion. Même avec Emma. Quand ils s'étaient

119

connus, il était trop tôt, ils étaient trop jeunes, puis, les années passant, c'était devenu trop tard.

– La perdrix que je voulais te donner pour ta femme. Tu te rappelles pas ? C'était une jolie bestiole.

Une jolie bestiole, pense Tristan. Et, durant un instant, il ne sait plus si ce qualificatif s'applique au gibier ou à Emma.

Lui aussi, il a faim. Il songe au lapin. Le lapin dans la gibecière. Qu'est-ce que j'en ai fait ? se demande-t-il.

À cause de la peur, à cause de la tempête, il a oublié sa promesse, il a négligé son protégé.

– Je crois que j'ai oublié mon sac dehors, dit-il à Dumestre d'une voix anxieuse.

– Y a quoi dedans ? Un lingot ?

– Non, y a rien, mais bon, c'est pour la forme.

Cette phrase qui n'a aucun sens semble satisfaire Dumestre ; il acquiesce dans l'obscurité.

– Vas-y, dit-il. Va le chercher. Comme ça tu jettes un œil alentour, tu regardes si les secours arrivent.

Tristan rampe le long de l'étroit goulet et, à mesure qu'il approche de l'entrée, perçoit le vacarme, de plus en plus fort, de plus en plus inquiétant, qui règne à l'extérieur de leur terrier. Roulements, grondements, grincements, arrachements. Ses yeux, accoutumés à la pénombre, distinguent les moindres détails du spectacle nocturne qu'offrent ensemble la terre et les cieux.

Une colère, une rage. Tout est possible : la terre peut s'ouvrir, elle peut trembler, s'affaisser, engloutir. On croirait qu'un monstre – celui qui depuis des millénaires dormait sous sa croûte – a été réveillé de sa longue hibernation. Il étire ses membres colossaux, ses articulations se déplient, sa peau épaisse se défroisse, il hurle, il bâille, fait le gros dos et s'élance, brise la ligne d'horizon, défonce les crêtes, piétine les vallons.

Tristan ne sait plus s'il fait chaud, s'il fait froid. Il se sent pris dans un mouvement qui le dépasse. Son corps n'est rien. Sa pensée se heurte à ce qu'il voit, sans le comprendre.

Un trait jaune pâle tranche la voûte céleste. Des nuages, qui ont perdu leur immatérialité, comme chargés de limaille de fer, de terre, de cailloux, filent de part et d'autre de l'arc lumineux. Une vache meugle, puis hurle, comme pour annoncer le coup de tonnerre qui éclate aussitôt après, faisant frémir le sol. Des arbres de plusieurs mètres de haut ploient sous la main du vent, aussi souples que des chevelures. Partout, des miroitements se répondent. C'est de l'eau, pense Tristan. De l'eau, là où quelques heures plus tôt, il y avait un champ.

Plus loin, légèrement en contrebas, il remarque, à travers les traits argentés, très serrés, de la pluie, une forme difficile à identifier qui se déplace avec majesté. Qu'est-ce que c'est que ça ? se demande-t-il en étudiant le triangle – oui, c'est bien un triangle – qui glisse le long de la vallée, lentement, paresseusement, apparemment habité par un autre tempo. Cette maison, se dit Tristan, mais le mot « maison » résiste, ne peut s'identifier à cette forme mouvante ; alors il essaie avec « grange », et la phrase parvient à se construire : cette grange flotte sur la prairie.

Ce n'est pas fini, se dit-il. C'est en train de se passer. Une tempête. Une crue. Une inondation. Nous n'allons pas mourir. Dumestre et moi, nous sommes déjà rescapés. Là où nous sommes, rien ne peut nous arriver. Mais les autres, au village… Tristan se hisse hors du trou pour tenter d'apercevoir des lumières. Une vague de boue, soulevée d'une flaque par le vent agile, lui claque au visage.

Avant de rentrer dans le terrier, au fond de leur refuge, il tâtonne à la recherche de sa gibecière, attrape la lanière et l'emporte avec lui sans en vérifier le contenu. Incapable de s'expliquer pourquoi, il est convaincu que le lapin y est encore. L'animal ne s'est pas échappé. Il a attendu, s'est endormi sous le torchon parfumé à l'orange.

– Des nouvelles du front ? demande Dumestre, dont la voix surprend Tristan à l'entrée de la grotte. Il ne s'attendait pas à ce que l'autre fût si près. Il ne le voit pas. Au moment où il est sorti, Dumestre gisait, somnolent, mais à présent, il semble assis. Sa voix vient de plus haut, elle est mieux placée, il articule plus clairement. Tristan sent un danger, comme si son compagnon s'apprêtait à lui bondir dessus, mais à quoi bon ? Quelle raison aurait-il de lui faire du mal ? Ils sont enchaînés l'un à l'autre. Tristan ne répond pas à la question de Dumestre. Il ne lui parle pas de l'ouragan qui gronde au-dehors. Il se tait. Inspire longuement et dit, d'une voix blanche, pâlie par la peur :

– Tu es assis ?

Petit déjeuner avec Astre. Genoux tremblants. Tristan sent son odeur partout, dans la mie du pain, dans la vapeur du thé, sa mollesse dans le beurre, sa suavité. Il la sent sur ses doigts, dans sa bouche. Il n'ose pas regarder Mrs Klimt. Il s'imagine qu'elle est fâchée. Comment saurait-elle ? Et qu'est-ce que ça peut lui faire ? Il se concentre sur sa logeuse pour éviter de réfléchir à ce qui le fait souffrir : comment imaginer sa vie après ?

Il a sombré dans la douleur de l'initié. Comment penser à autre chose ? Comment faire autre chose ? Avoir envie d'autre chose ? Astre est devenue son but, sa destination. Elle est à la fois question et réponse, faim et satiété. Elle est son univers.

Elle va partir dans quelques minutes. Elle a déjà enfilé son manteau. Elle mange tout ce qu'elle trouve sur la table. Tristan observe avec dégoût son menton luisant, son nez un peu épais qui remue bizarrement quand elle mâche. Elle est ingrate. Mais elle est son maître, son dieu, la condition de son existence.

Alors qu'elle se dirige vers la chambre du rez-de-chaussée pour aller chercher sa valise, Tristan bondit après elle, se colle à son dos, glisse sa main sous son imper, dans la ceinture de son pantalon. Elle se retourne brutalement et le repousse de toutes ses forces. Il tombe à la renverse.

– Ça va pas la tête ? Obsédé ! hurle-t-elle.

Mrs Klimt accourt.

– Ce n'est rien, dit Tristan, en anglais, d'une voix tremblante. Je suis tombé.

Il se relève et pense : Je suis tombé.

Astre est partie.

– Pourris bien, vieille maquerelle, a-t-elle chan-tonné tendrement en serrant Mrs Klimt dans ses bras.

Les jours qui suivent semblent enduits de boue. La lumière n'y filtre plus. Tristan regrette la légèreté passée, la douceur tranquille de sa solitude, l'errance anonyme dans les rues de Londres. Il ne peut plus lire, ni se concentrer sur les leçons d'Hector. Il regarde les femmes, se demande comment les atteindre, les toucher. Il porte son désir comme un Graal, pesant et sacré. Il est à la fois le chevalier, la dame et le dragon. Enfermé, exclu.

Comment font-ils ? se demande Tristan. Comment font les passants, les contrôleurs de bus, les cais-sières, les agents de police, les mères de famille, ces adultes qu'il croise par centaines, par milliers dans les rues, eux qui, comme lui, l'ont fait ? Comment parviennent-ils à traverser les boulevards, à accomplir leurs tâches, à parler, à s'écouter ? Quelle est cette force qui les retient, les enchaîne à eux-mêmes, leur dicte de ne pas se jeter les uns sur les autres dans une étreinte permanente ?

C'est bien ce que je disais, murmure le lapin, d'une voix lointaine, comme s'il s'exprimait à présent depuis un au-delà. Vous vivez dans la malédiction du sexe. Votre chute est constante. Elle ne vous mène nulle part, car il n'existe pas de fin à ce mouvement. Vous avez gardé l'instinct, mais vous l'avez vidé de son sens. C'est pourquoi vos existences sont vouées à la misère, vos cerveaux à la folie, vos corps à la déchéance. Jamais vous n'êtes apaisés, jamais vous n'êtes satisfaits. Plus je te côtoie et plus j'aime ma vie. Je suis plein de gaieté à l'idée d'être une bête. La simple pensée que j'aie échappé au pitoyable destin humain m'emplit de joie. Vous êtes l'exception ridicule. Vous naissez perdants. Jeune homme, tu me donnes tant en te livrant à moi. Tu me donnes envie d'être moi, de vivre et de mourir, que ce soit par balle ou sous la dent d'un renard, la roue d'une voiture, ou la pierre jetée par un enfant.

Dans le noir de la caverne, Tristan poursuit ses chemins divergents. Il s'est séparé en deux. Point et contrepoint. D'un côté le face-à-face sans visage avec Dumestre, qui rôde à présent dans leur étroit logis, heureux de sa mobilité retrouvée, farceur, menaçant, incompréhensible. De l'autre, la conversation muette avec le lapin, qui semble respirer de plus en plus difficilement au fond de la gibecière.

Avant que la roue ne tourne tout à fait, avant que son compagnon ne révèle la nature de son dessein, dont Tristan sent qu'elle ne peut être que funeste, il voudrait trouver le moyen de défendre sa condition, d'imaginer les arguments d'un plaidoyer pour son espèce.

À quoi bon arrêter la chute ? demande Tristan. À quoi bon rechercher un but si la chute elle-même est bonne ? Pourquoi devrions-nous aspirer à la satisfaction ? Ta cervelle est trop petite et ton cœur trop paresseux pour comprendre la beauté, la grandeur, la gloire de l'énergie qui nous anime et nous traverse. Je n'échangerais rien contre ma chute, je suis ivre de vitesse et, parfois, quand le hasard d'un répit m'en distrait, je ne goûte que mieux mon confort, car je le sais fugitif.

Petit lapin, tu ne connaîtras jamais la victoire sur l'absurde, celle que nous accomplissons chaque jour, à chaque seconde de notre existence. Ce qui rend notre exaltation supérieure à la vôtre, c'est que, contrairement à vous, nous sommes désespérés. Je sais, j'ai compris, tu m'as convaincu : j'accepte que vous possédiez une conscience de la mort, je suis même prêt à m'en faire le héraut, à porter la nouvelle parmi les miens. Vous vous savez mortels, mais vous êtes sauvés par le sens. Chacun de vos actes est logique, utile, efficace. Appelons ça la loi de la nature. Quel repos, certes, mais quel ennui. Je vais te dire, moi, ce que vous n'aurez jamais, ce que tu devrais nous envier, la pépite que tu devrais rapporter aux tiens : ce qui vous manque, c'est la possibilité de faire n'importe quoi, d'agir en dépit du bon sens, de tordre le cou au rendement, à la raison, à la causalité. Nous seuls avons le pouvoir d'agir contre notre bien, mais parfois, me croiras-tu, c'est ainsi, en nous dirigeant vers notre perte, que nous accédons à un bien suprême, une qualité d'être supérieure, une présence au monde plus intense que tout ce que tu pourras jamais entrevoir ou ressentir. Nous nous battons sans cesse, contre nous-mêmes, contre notre instinct, nous cherchons, nous errons, nous nous trompons et, grâce à ces détours, à ces refus, nous nous élevons, au sein même de notre chute, nous volons, nous transcendons.

Oui, oui, répond le lapin d'une voix que son sang ralenti pousse péniblement dans son gosier. La transcendance, un mot long comme un jour sans serpolet. J'en ai entendu parler. C'est... comment dites-vous déjà ? Croire en Dieu...

Ne croire en rien, bien au contraire. Se croire fini, fichu, à bout, et pleurer face au soleil qui se lève, à cause de la beauté. Essayer de reproduire ce sentiment, de le synthétiser. Être amoureux.

Amoureux ? prononce le lapin de sa voix de plus en plus éthérée.

Tristan pense à Emma au moment où ils pénétrèrent, il y a si longtemps, dans son appartement en rez-de-jardin, noyé dans une pénombre grise à cause de l'orage. Ils sont trempés, se connaissent à peine, se sont parlé trois fois sur le banc de Brockwell Park. Depuis quelque temps déjà, il a renoncé à ce qu'il ne sait comment nommer : les filles, l'amour, le sexe ? Je suis trop jeune, s'est-il dit. Trop étranger, trop isolé pour espérer que ça se produise – les regarder, oui, peut-être, il le fait parfois à la cafétéria de l'université qu'il a intégrée en septembre, mais leur glisser les doigts là où ça sent le doux, l'acide et l'air marin, non, plus jamais cela ne lui arrivera. Il se contente de lire des livres, certains livres en particulier, de contempler des images, d'être à lui seul l'alpha et l'oméga. Il ne souffre plus. Il n'attend plus. Il est comme en exil, dans une banlieue du monde qu'il ne quittera jamais car il ne connaît personne, que personne ne le connaît, qu'il est un étranger et qu'on ne lui a pas appris comment faire.

Mais Emma lui a parlé et, chaque fois qu'elle ouvre la bouche, il se sent curieux, alerté, comme s'il était sur le point de faire une découverte importante. Il ne la regarde pas, n'ose pas, n'y pense pas. Le fait qu'elle parle crée une sorte de voile, de mur. Il entend sa voix, sa voix française avec ses consonnes émoussées, ses syllabes escamotées. Elle dit « bourge », « came », prononce des mots que ses professeurs, ici, n'emploient jamais. Il ne comprend pas ce qui lui arrive et oublie même de se demander pourquoi cela le réconforte tant. Il ignorait que le français lui manquait. Quelle importance, les mots ? Quelle importance, l'accent, l'intonation ? Est-ce par amour de la langue qu'il a couché avec Astre ? Est-ce parce qu'Emma parle la même langue que son initiatrice qu'il prend tant de plaisir à l'écouter ? Un plaisir étrange, sans perspective, immédiat et complet. Il ne désire rien au-delà, sur le banc. Le soir de leur deuxième rencontre, il s'est imaginé dans la même situation avec Astre et cela ne fonctionnait pas. Astre est si grossière, se dit-il, surpris lui-même par ce jugement. Astre est méchante. C'est une langue de vipère. Elle a traité ma mère de putain, et Mrs Klimt de guenon. Elle ne parle que pour insulter.

« On le refait ? » Tout de même, ça, c'était quelque chose. Une musique, un fluide, un miel, un poison. Il entend sa voix très nettement lorsqu'elle formule l'irrésistible proposition. « On le refait ? » Ça, c'était gentil, ça, c'était magique. Mais insuffisant. Emma qui parle, c'est un autre son, pas de serpents, pas de perles non plus. Il cherche, il cherche et voilà ce qu'il trouve : la vigueur, l'honnêteté, la vision. Emma parle, et le monde s'en trouve simplifié, éclairé, élargi.

Et puis, un jour, elle l'embrasse sur la bouche, sur le banc, et il se dit qu'il aurait dû, qu'il aurait pu prendre cette initiative. Il sent aussitôt, dans ce baiser, qu'il l'a blessée, parce qu'il a attendu, parce qu'il s'est interdit d'y penser.

Tout a toujours été raté avec Emma.

Ils entrent trempés dans l'appartement où règne la pénombre grise et, bientôt, leurs corps se teignent de ce même gris urbain et orageux. Ils ne voient pas comment s'approcher. Ils se cognent, se bousculent, tombent, se blessent. Leurs mains sont en retard sur leurs bouches. Est-ce la timidité qui fait battre leur sang ? Qu'est-ce que c'est, ce truc solennel qui fait mal, qui prend le cœur comme une patte d'ours et le broie ?

Tristan l'ignore. Pour cela non plus, il n'a pas de nom. La tête posée sur la poitrine d'Emma, fixant, émerveillé, son téton prune, il se demande comment il va s'y prendre pour la protéger, les yeux emplis de larmes, la mâchoire serrée sur un sanglot qui naît de sa gratitude, de sa peur de la perdre, de l'idée qu'un jour, même très lointain, elle mourra.

C'est bien ce que je disais, bougonne le lapin, excédé. Vous séparez. Vous divisez. Vous vous croyez supérieurs pour cette raison, mais vous êtes vos propres dupes. J'ai beaucoup de tendresse pour toi, jeune homme, mais j'ai honte quand je t'écoute. J'ai honte de l'existence morcelée que tu mènes. Absence de continuité. Classification stérilisante. En catégorisant, tu assassines. Cette femme, Emma, si tout est raté avec elle, quitte-la. Et ne me parle pas d'amour. Comme si je ne savais pas ce que c'est. Votre passion guindée, votre distance, le respect qu'elle t'inspire. Foutaises.

Tu ne comprends pas, répond Tristan, la main sur le cou de l'animal. J'ai trouvé ce qui nous sépare, toi et moi. Vous et nous. La conscience de votre propre finitude, vous l'avez, je l'accepte, je le constate, mais ce qui vous manque, c'est la conscience de la finitude de l'autre. L'amour naît de là.

Comment est-ce arrivé ? Combien de temps cela a-t-il pris ? Pourquoi n'ont-ils pas pu fuir ? Comment se fait-il qu'ils nagent à présent à contre-courant d'un lent fleuve de boue ? Leurs pieds touchent-ils parfois le sol ? Non.

Farnèse et Peretti, dans la nuit, déploient leurs bras englués, leurs jambes entravées par leurs pantalons mouillés, battent des pieds, se laissent un peu flotter, puis reprennent. Si on leur demandait où ils vont, ils ne sauraient répondre, se tairaient, effarés qu'ils sont par la nécessité qui les pousse à se démener ainsi, comme ils peuvent, à bout de forces, pour atteindre un point qu'ils n'aperçoivent pas et ne sauraient pas plus situer que nommer.

Parfois l'obscurité s'illumine : un éclair, un trou dans les nuages et la lune qui brille tel un soleil, dessinant des ombres effrayantes, comme en plein jour, façon éclipse.

— Là-bas à droite, murmure Peretti. T'as vu ?

— Quoi ?

— Sur le toit. C'est pas là qu'il habite, le jeune ?

— Tristan ?

– Ouais, le jeune. C'est pas sa maison, là-bas ?

Peretti hésite à tendre l'index pour indiquer l'endroit précis, craint de se noyer s'il relâche l'effort.

Farnèse inspire, expire, accélère.

– Il y a quelqu'un sur le toit. Regarde !

– J'ai vu, répond Farnèse sans se retourner. C'est elle, c'est sa femme.

– Tu la connais ?

– Pas bien, pas vraiment, mais je sais que c'est là qu'ils habitent. Je sais que c'est elle. Elle est montée sur le toit de sa maison. C'est bien. T'es au courant pour elle et Dumestre ?

– Elle et Dumestre ? demande Peretti en avalant une gorgée de boue qu'il recrache en s'étouffant à moitié.

– Va pas crever, dit Farnèse.

Peretti s'affole, accélère, boit encore la tasse.

– Aide-moi, putain.

Farnèse s'agrippe à une branche. Tâte sous lui, parvient à prendre appui, tend la main à Peretti. Ils stationnent ainsi quelques instants, arrimés au sommet d'un arbre, reprenant haleine.

– Peut-être que c'est fini, dit Farnèse. Je ne sais pas. Ils ont été discrets.

– Comment tu l'as su ? Putain, comment tu l'as su ?

– Qu'est-ce que ça peut faire ?

– Et tu les as laissés ? Tous les deux ? Dumestre et le jeune ? Dans la forêt ? Alors que tu savais ?

– Oui.

– Tu l'as fait exprès ?

– Oui.

132

– Pourquoi ?

Farnèse lâche la branche. Il se remet à nager pour atteindre au plus vite l'objectif dont il ignore toujours la nature.

– Pourquoi ? répète Peretti, barbotant à sa suite.

Farnèse ne répond pas. L'explication prendrait trop de temps, trop de place. Elle risquerait d'envahir tout : sa tête, l'air, le ciel. Il sait comment se changer en urne. Il l'a déjà fait. Urne de chagrin emplie de liqueur, de vin, d'eau-de-vie.

Il ne peut l'expliquer, mais il existe un lien entre la mort de Vladimir et cette histoire. La mort de Vladimir, il n'y pense jamais avec ces mots-là. D'habitude, il pense juste Vladimir, et le prénom occupe tout l'espace, enflé par la tendresse, la colère, le regret. Il faut que quelqu'un se venge, songe-t-il, dans une pensée vaseuse et extralucide à la fois, de ces pensées que l'alcool fabrique. Il faut que quelqu'un paie. Il est urgent que justice soit rendue. Dans le temps, on s'entretuait, on se tuait soi-même pour moins que ça. Dans les livres, les livres qu'il lisait avant, les gants jetés à terre, les rendez-vous à l'aube, amenez vos témoins, les récits de duels, au pistolet, à l'épée. Le suicide aussi constituait un genre de duel, entre soi et soi. Il aurait dû y penser, il aurait dû accomplir ce geste. Il ne l'a pas fait. Il s'est raconté que c'était pour rester témoin de la présence passée d'un enfant qu'il serait peut-être le seul à pleurer. Mais c'est faux. Il ne l'a pas fait et il n'y a aucune bonne raison à cela, même pas l'espoir d'un rachat.

La femme du jeune. Putain. Une femme comme

ça. Quand ils sont arrivés au village, il l'a tout de suite reconnue. Cette race-là. On parlait beaucoup sur eux dans les premiers temps. Ils n'avaient pas de travail. En tout cas, ils ne sortaient jamais aux heures normales. On les croisait parfois au supermarché, à la station-service. Ils habitaient une maison minable, mais ils avaient quand même de quoi faire les courses. Alors, quoi ? Si au moins ils avaient eu un enfant, on aurait su, par l'école, sur la fiche, profession des parents. Farnèse est ami avec la plus jeune des institutrices, la maman de Nino. Elle lui aurait dit. Ami ? se demande-t-il. Mais c'est une question rhétorique. Il sait qu'elle est amoureuse de lui, depuis un bout de temps, pas seulement depuis que son mari l'a quittée. Les femmes comme elle tombent pour lui. Les femmes comme elles. La femme du jeune. Elle aussi. Elle aurait dû. Ç'aurait été mieux pour tout le monde. Parce que lui, il ne fait rien aux femmes, il les regarde à peine, les écoute, ne les touche pas. Il serait devenu son confident. Mais elle a choisi Dumestre. Il ne comprend pas. Aurait aimé ne pas le savoir. Mais il les a vus. Aurait préféré les surprendre dans un accès de bestialité. Les a espionnés, sans le vouloir, dans un moment de douceur – il n'aurait pas dû se trouver là –, lors d'une conversation après l'amour. Corps nus, elle assise, lui allongé, souriants. Ils parlent, à voix basse, avec complicité. Ils rient. Se caressent la joue. Farnèse regarde son corps à elle. Cela fait longtemps qu'il n'a pas vu, en vrai, la peau d'une femme. Celle-là est particulière, pense-t-il en essayant de comprendre ce qui la distingue des autres, des autres qu'il ne voit pas. Celle-là n'a pas de marques, de traces. Comme si elle ne portait jamais de vêtements. Elle est assise dans la clairière comme une vache, une oie. La placidité de son corps le fascine. Il est certain que Dumestre ne la remarque pas. Quel gâchis. Dumestre lève la main vers son sein, ni blanc, ni brun, un sein aussi innocent qu'un front, et le pétrit distraitement. Elle sourit, un soupçon de mépris à la commissure des lèvres. À mort, pense Farnèse. Il faut les mettre à mort. Le jeune doit les tuer. Tuer le gros, tuer la belle, tuer les deux. Farnèse ignore pourquoi cela le soulagerait, comme si la réparation de cette injustice avait le pouvoir de compenser toutes les autres. De la rigueur. De la bravoure. De l'honneur. Et s'il y a mort d'homme, s'il le tue, s'il la tue, j'arrête de boire. Je recommence à zéro.

Peretti se met à hurler.

– Attends-moi, putain. Je vais me noyer.

– Mais non, dit Farnèse, dont la voix est couverte par la pluie, le vent, le fracas de l'eau.

– Au secours, je me noie.

Farnèse se retourne, amusé par la théâtralité involontaire de ces paroles. Il regarde Peretti se noyer. Hésite. Une lenteur, lestée par toute l'étendue de sa tristesse qui soudain s'est déployée, comme si l'urne scellée depuis des années versait enfin, retient son corps. Il voit la tête de Peretti disparaître, puis réapparaître, regarde ses bras battre les flots autour de lui comme il observerait le manège d'un papillon nocturne. Alors il se décide, brusque et rapide, pierre lancée par une fronde, propulsé par

135

son agilité passée. Il attrape Peretti sous les aisselles, le hisse sur son dos, se noyant lui-même à moitié, mais sans craindre la noyade. Il nage, cherche des yeux un appui, un refuge, aperçoit un morceau de mur, des pierres qui émergent de l'eau. C'est la tour gallo-romaine. Si elle a tenu jusqu'à maintenant, elle tiendra bien encore une nuit. Il nage jusque-là, y dépose son fardeau, vérifie qu'il respire, qu'il est stable, lui tape sur le dos, lui explique qu'il faut qu'il y aille, qu'il n'y a plus de danger, que l'eau ne montera pas beaucoup plus, qu'il faut attendre sans bouger, surtout tu bouges pas, moi, faut que j'y retourne, faut que j'y aille. Pierre lancée par une fronde, il se précipite dans le courant qu'il remonte et vainc. Il a oublié la fatigue. Il ne fait plus aucun effort.

Les genoux contre la poitrine, les yeux grands ouverts, incrédules, Emma se recroqueville au sommet de son toit. Elle est montée par l'escalier du grenier, s'est hissée sur les poutres, a ôté les tuiles à l'endroit le plus fragile, posé un tabouret en équilibre sur une table et, un court instant, a pensé : Je pourrais me pendre.

Le dispositif était parfait, facilement identifiable, aussi lisible qu'un pictogramme : poutre, tabouret, table. Ne manquait que la corde, mais la corde n'est rien.

Me pendre, oui, très simplement, pour arrêter ce que je n'ai pas le moyen d'arrêter autrement. Me pendre pour me punir (à ces mots, un afflux de sang au ventre, à la tête, la transe du soulagement, la danse de la culpabilité vaincue), hum, comme ce serait bon d'être bonne. Mais cela ne dure pas. La punition ne saurait laver l'injure, ni faire disparaître la souillure. Emma voudrait être moins grandiloquente, être plus honnête, se livrer plus franchement à la contrition ; elle n'y parvient pas. Malgré tout, malgré sa honte et son dégoût d'elle-même, elle conserve un ressort, une vivacité qui l'effraient.

Car il serait aussi facile, après tout, de ne pas grimper, de laisser l'eau monter, la piéger, l'engloutir. Elle se dessine un autoportrait en lady Macbeth teintée d'Ophélie. C'est juste. C'est précis. La joie que sa cervelle lui procure est constante. Lady Macbeth et Ophélie dans un même corps, l'épouse et la vierge, la criminelle et la suicidée, la machiavélique et l'oie blanche.

Elle va se sauver. Sauver sa peau pour sauver sa tête. Elle sait qu'il est superflu de se réfugier sur le toit. L'eau n'est montée que d'un mètre dans la maison. Mais comment résister à l'image : femme accroupie sur faîtière, corneille vigilante, héroïne. Son envie de vivre est telle qu'elle préfère prendre toutes les précautions, quitte à adopter les poses les plus caricaturales, à grossir le trait.

Et Tristan ?

Tristan devrait commencer par changer de prénom. Il faudrait qu'il s'appelle Content. Pourquoi suis-je si gaie ? se demande Emma. Pourquoi suis-je si bête ?

C'est à cause de la tempête. C'est vraiment amusant une tempête, avec les éclairs, le tonnerre, toute cette eau qui tombe, la rivière qui devient folle, les lignes électriques qui s'abattent, la boue qui pénètre partout, les voitures qui flottent comme des jouets, la nuit noire comme au cœur de la forêt, le déchaînement, l'eau devenue la texture ordinaire du ciel : elle ne cessera jamais.

Pas étonnant que j'aie la folie des grandeurs,

se dit Emma. À l'époque de Noé, c'était pour punir l'humanité entière que Dieu avait déclenché la catastrophe ; aujourd'hui, il prend la peine de le faire pour me châtier moi, rien que moi, petit échantillon unique. Il est vrai que la tempête ne s'étend pas au-delà de notre département, mais tout de même. La crue, les dégâts, les noyés peut-être.

L'exaltation prend fin d'un coup. La douleur la remplace. Le chagrin.

Emma se met à pleurer. Un instant, la pluie s'arrête, le vent se calme. Les larmes lui brûlent le visage. Elle frissonne. Au loin – mais comment parvient-elle à entendre quoi que ce soit à cette distance, et malgré le grondement des flots ? – elle perçoit les hurlements d'un tout petit enfant.

Farnèse, le funambule, fend l'eau, aussi léger qu'un gerris, cet insecte patineur qui frôle la surface des rivières. Il retrouve l'agilité perdue, renoue avec l'apesanteur. Il aime être seul au sommet des toits, comme avant, plus proche du ciel que de la terre, aspiré par l'atmosphère, seul à regarder le monde d'en haut. Mais cette nuit, haut et bas se confondent, et la perte du sol constitue pour lui une récompense, une réconciliation. Il n'a jamais voulu fouler la terre, laisser la moindre empreinte, toujours il s'est élevé, jusqu'à la chute. N'y pensons plus. Il avance et se rapproche, écartant du bout des pieds les branches des aulnes, telles de hautes herbes. Les aulnes du bord de la rivière dont les troncs baignent dans la boue, dont les branches lui chatouillent et lui griffent les chevilles. Il suit le lit, a retrouvé le parcours. L'église est sur la droite, sombre et sévère, privée du sourire que lui dessinent chaque nuit les spots incandescents, disposés au pied du clocher. Tout a sauté. Plus une lumière. L'église a revêtu le costume lugubre qu'elle portait au soir de sa construction. Ensuite passe la mairie, cube en stuc aux jolies lettres rouge sang sur le fronton de meringue. Viennent l'école et les maisons, puis plus rien, les aulnes encore, les frênes, les peupliers et, au-delà – oui, c'est bien de ce trou noir, plus noir que la nuit argentée, que jaillit la plainte.

Une lucarne dans le pointu d'un pignon, loin de tout, à l'écart, la maison du bord de l'eau, l'ancien moulin.

Peut-on accélérer encore quand le vent se lève et agite des vagues mêlées de feuilles et de débris ? Farnèse bondit d'une crête à l'autre, le visage fouetté par des brindilles, des feuilles, des épines. Il est joyeux, sans mémoire. Parfois se dessine, dans le cadre sombre et étroit qu'il a choisi d'atteindre, un ovale blanc, une aile parme, comme celle d'une tourterelle. C'est un visage, c'est une main, une main qui se tend. Farnèse la saisit, projeté vers le visage dont les yeux, cailloux noirs évidés par la peur, le fixent. Prenez-le. Prenez le bébé. Je l'ai monté jusque-là, mais si je le garde, je vais mourir. Je vais me noyer. Aidez-moi. Noyez le bébé. Je ne dirai pas que c'est vous. Moi je n'y arrive pas. J'ai essayé. Mais je m'en occupe depuis trois mois. Je le connais. Il compte sur moi. Pour vous, c'est rien. Je vous le donne et vous le lâchez dans l'eau. Je ne veux pas mourir. Noyez-le. Pour vous, c'est rien. Lui, il ne s'en rendra pas compte. Il croira qu'il s'endort. La main parme, aile de tourterelle, tend un paquet à Farnèse. Farnèse reconnaît le cri. C'est pour ce cri qu'il a nagé. Ne dites pas ce que je vous ai dit. C'est notre secret. Moi non plus je ne dirai rien. Ce sera la faute de la rivière. Vous voulez bien ? C'est d'accord ? Farnèse prend le paquet, le tient au-dessus des flots.

– Sortez de là, ordonne-t-il. Allez dans le sens du courant, laissez-vous porter, ne résistez pas, faites la planche si vous pouvez, ne vous retenez pas aux branches, n'utilisez vos bras que pour éviter les obstacles, n'essayez pas de vous arrêter. Plus vite vous irez, plus vite vous serez sauvée. Vous allez y arriver. Je ne dirai rien. On ne s'est jamais vus. Faites comme je vous dis.

Elle disparaît.

Farnèse ne prend pas le temps de la regarder flotter, il cherche des yeux, sur la droite. L'enfant pleure tout doucement, léger, entre ses paumes qui le soulèvent comme pour un baptême.

Le platane aux ronds moignons qui ouvre la promenade à flanc de colline est-il encore debout ? Farnèse plisse les paupières, les gouttes de pluie lui picorent les orbites, becs de corbeaux à la fête du gibet. D'une main il empoigne le paquet, tandis que de l'autre il rame ; il a reconnu les auréoles blanchâtres et grises de l'écorce en écailles qui luisent là-bas, un peu plus loin.

Parfois l'enfant glisse sous l'eau. Farnèse ignore s'il est vivant ou mort ; il ne fait plus de bruit ; mais vivant ou mort, il faut qu'il le sauve, alors il avance. Il agrippe une poignée de feuilles qui se détachent aussitôt, s'en trouve propulsé vers le bas, remonte, attrape une branche, grimpe, s'extirpe de l'eau, de la boue, saute de branche en branche, voit les eaux grossir encore, poursuit son ascension. Il s'élève à présent dans le fouillis de feuilles que la pluie peine à traverser.

Une chaleur étrange, réfugiée dans la futaie, un abri.

Il s'assied sur une branche, contemple l'eau en contrebas, à quelques mètres sous lui, examine son colis : visage de nacre tranquille. Farnèse croit voir une narine frémir. Il n'a pas le courage d'en savoir plus. Très vite, il défait le foulard qu'il porte autour du cou et s'en sert pour fixer le corps emmailloté à la branche la plus large qu'il trouve. Il vérifie que ça tient, que ça résiste, que le paquet ne risque pas de s'envoler, de tomber, d'être emporté, et il plonge. Feuilles, feuilles, branches, feuilles, branches et branches et branches, feuilles, branches, boue.

Est-ce la terre qui s'écroule ? N'a-t-il pas suffi-samment consolidé les parois ? Son instinct l'a-t-il trompé ?

Un poids s'abat sur le dos de Tristan. Dans l'obscurité de la caverne, une masse chaude et compacte lui coupe le souffle, lui écrase les côtes. Il se débat, cherche à respirer, se retourne, lance un poing qui s'enfonce dans une matière poisseuse et souple. Ses jambes lui viennent en aide. Ses talons piétinent, frappent le sol, font s'arc-bouter son tronc. Il se libère, donne un coup dans l'air, tâtonne, rampe, s'échappe.

Aussitôt, la masse s'effondre de nouveau sur lui. Elle le plaque. C'est une bête, un ours, un monstre. On essaie de le tuer. C'est ce qu'il se dit. Quelque chose essaie de me tuer. Il roule sur lui-même, prend un coup dans la mâchoire, entend le craquement d'une articulation. Comment se défendre sans rien y voir, à quoi bon donner des coups aveugles ? Il en reçoit, à la tête, au ventre, à l'aine. On le lynche, on le lapide. Il se terre. On l'écrase. Il perd le souffle, ne sait plus quand inspirer, quand expirer.

Il étouffe. La masse s'écarte. Tristan étend les bras, les referme, étreint son propre corps, comme s'il se battait contre lui-même. Son visage s'aplatit contre le sol. Un poids sur sa nuque. Il ne respire plus. S'enfonce. Ses jambes s'agitent, ses bras tremblent, trouvent un appui, font voler la bête. Ses poumons accueillent l'air humide dans un cri.

— Arrête, hurle Tristan. Arrête, Dumestre.

Mais comment savoir si c'est Dumestre ? L'obscurité est telle qu'il ne comprend pas d'où vient l'attaque.

— Dumestre, crie-t-il. Aide-moi. Putain, c'est quoi ce truc ?

La masse se retire, s'éloigne, se carapate. Un rire fuse à quelques centimètres.

Alors que Tristan tend les mains dans cette direction, à la recherche d'un sens, un nouveau coup l'atteint à l'épaule.

Tristan s'accroupit, se recroqueville dans un coin, attend, réprime le geignement de douleur qui monte malgré lui de sa cage thoracique. Et soudain, il se lance, pour se défendre, pour tuer. Il saute et frappe, main à plat, poing fermé, tête en avant comme un bélier, trouve une gorge, la serre, sent la pulsation du sang sous ses pouces, les coups de genou dans son ventre, la bête qui résiste. Il adore appuyer sur la carotide, écraser l'œsophage, broyer la trachée. Une hilarité monte en lui, l'enivre. Jamais il ne s'est senti si fort. Jamais il ne s'est tant amusé.

Mais brusquement il lâche.

Il a pensé au lapin, à contretemps, comme si la

vie de l'animal était plus importante que la sienne. Où est la gibecière ?

Silence, halètements, hoquet, toux, sifflements.

– Ça fait du bien, hein ? dit une voix aiguë, éraillée, tout près de son visage, comme posée sur le même oreiller.

– Dumestre, putain, dit Tristan en tâtonnant autour de lui, à la recherche de son sac.

Cette fois, c'est sûr, j'ai tué le lapin, songe-t-il. Je ne l'ai pas protégé. Il me faisait confiance. Il comptait sur moi pour le sauver. Je lui avais promis. S'il survivait, tout ce qui avait été raté serait sauvé.

– C'est pas moi, la putain, articule Dumestre posément.

Sa voix est ferme, plus présente, d'une douceur inquiétante.

– La putain, précise-t-il, didactique, c'est ta femme.

Tristan se tait. Il reprend son souffle, tâte son visage, essuie le sang sur sa mâchoire du revers de la main.

– C'est toutes les femmes, ajoute Dumestre. Toi, tu sais pas. T'y connais rien. T'es qu'un bleu. Toi, tu l'as pas poussé, le caddy de supermarché.

J'ai envie de dormir, pense Tristan, la joue posée sur la gibecière enfin retrouvée. Ce n'est rien. C'est passé. Mon lapin est mort. Dumestre délire. Sans queue ni tête son histoire. Un beauf qui délire. Je vais m'endormir en l'écoutant, ce sera comme une berceuse. Et s'il me tue pendant mon sommeil, je m'en fous. Je n'ai pas la force. Je veux dormir.

– Le caddy de supermarché, reprend Dumestre,

146

que tu pousses pendant que tes mômes attendent chez toi. Tu sais pas qu'ils sont trop petits pour rester seuls à la maison. Quelqu'un te l'a dit ? Non, personne te l'a dit. Comment tu pourrais savoir ? Alors toi, t'es comme un con avec ton caddy, au supermarché, et les clientes te regardent avec pitié. Elles savent que ta femme s'est barrée. Elles le voient tout de suite, à cause de la barbe de trois jours, à cause de ta chemise qu'est pas repassée, et puis parce que tu sais pas quel paquet choisir dans la muraille de céréales. Elles ont pitié de toi, et elles ont raison, parce que t'es cocu, t'es une merde. Et pendant ce temps-là, tes garçons, ils s'ennuient tout seuls à la maison ; la salope a pris la télé. Au début, ils jouent au train, aux Lego, mais ils s'emmerdent, alors ils décident d'essayer autre chose, des trucs de grands, des machins de la salle de bains, des trucs de la cuisine, des ciseaux, des produits, des couteaux, du dissolvant, du liquide vaisselle, des casseroles, de la lessive. Ils font leur tambouille, ils foutent le feu, ils avalent leur mixture. Et toi, t'es toujours comme un con à pousser ton caddy au supermarché. Mais toi, ça, tu connais pas. Toi, t'as pas de mômes qui foutent le feu, s'éborgnent, se brûlent et détruisent ta baraque. Je me plains pas, attention ! Y sont pas morts, mes gosses. L'ambulance, les pompiers, l'assurance, la police. C'est loin tout ça. Maintenant, c'est des gaillards plus malins que toi. Personne est mort. Ma femme, la nouvelle, je l'emmène au supermarché, mais je reste dans la voiture, sur le parking. Plus jamais je touche un caddy. Ta femme à toi, elle

147

fait même pas les courses, poursuit Dumestre après un silence. Madame est au-dessus de ça. Madame est une artiste. Toi, tu t'en fous. Le caddy, c'est rien pour toi. Sauf que, pendant que tu fais les courses, tu sais ce que je fais, moi ? Tu sais ce que je fais avec ta femme qu'est tellement au-dessus de tout ça ?

Tristan somnole. Il voit des images. Dumestre avec son caddy. Dumestre face à la muraille de céréales. Il s'attendrit. Il trouve que son compagnon raconte bien. Il estime que c'est une veillée réussie : la petite fille aux allumettes, et maintenant, l'homme au caddy. Il est calme. Tout son corps se délasse. Ses poumons se déploient, inspirent profondément l'odeur de la terre, semblable à celle de la nuque perlée de sueur d'Emma.

Sa femme. Oui. Il y a quelque chose qui ne va pas avec sa femme. Dumestre est justement en train d'en parler.

Je vais faire les courses, récapitule-t-il pour lui-même, et, pendant ce temps… Pendant ce temps, Dumestre fait quelque chose avec ma femme. Ma femme qui est au-dessus.

Un coup plus violent, plus sévèrement porté que tous les autres, l'atteint au plexus. Une lame fouaille ses entrailles. C'est une douleur inédite. Pourtant Dumestre n'a pas bougé. Dumestre ne l'a pas touché.

Tristan grimace, ses dents lui font mal, comme s'il se retenait de pleurer. Il ne veut pas entendre ce que lui dit Dumestre. Il veut colmater ses oreilles, verrouiller son imagination. Il veut se replier en lui-même, s'absenter de la scène. Effacer, effacer, effacer. De l'eau sur son visage, voilà ce qu'il lui faudrait. Pas la pluie, pas la boue, l'eau d'un ruisseau, à sa source, sans souillure, innocente, y baigner ses mains, asperger son visage.

Emma c'était ça. Emma c'était la source.

Plus jamais ? se demande-t-il. Alors que Dumestre lui explique le comment, le quand, le pourquoi.

Il ne l'écoute pas, mais une bribe, parfois, pénètre ses oreilles : Une femme sévère, une tête. Pas facile. J'en avais jamais connu, une comme ça. Pourquoi elles nous trahissent ? Remarque, moi, j'ai bien trahi la mienne. J'ai rien à lui reprocher. Elle a ramassé les miettes qu'avait laissées l'autre. Elle m'a recollé comme un puzzle. Je suis pas reconnaissant. C'est moche. J'avais des remords. Je voulais pas continuer, mais ta femme, la femme d'un autre, c'est comme si soi-même on devenait différent, comme si on était nouveau. Elle m'a jeté de toutes manières. Méchamment. C'est une méchante femme.

— Tu ne sais pas qui est ma femme, murmure Tristan, malgré lui.

Et puis il pense : Personne ne sait qui est ma femme, parce que c'est ma femme. Toi, les autres, tout ce que vous voyez, c'est la rivière, le courant pollué, la crue furieuse, mais moi seul sais remonter à sa source, y boire, m'y baigner, parce que c'est ma femme.

Et, sur ces mots, enfin, il s'endort.

Ils comptent. Ils recomptent. Ils ne savent plus faire que ça, compter, sauf qu'il n'y a plus rien à compter. Tristan et Emma n'ont plus un sou. Les virements du préfet ont cessé d'arriver un mois après que son protégé a quitté l'université et sa chambre chez Mrs Klimt.

Tristan n'est plus retourné chez Hector. Il habite chez Emma, dans ses bras, dans sa vision de l'avenir. Il est plus seul que jamais. Pourtant il est avec elle. Ils sont deux à être seuls, et c'est pire.

— Demain, on part, lui annonce-t-elle. On rentre en France.

— Comment ?

— J'ai un plan. Quelqu'un nous amène au bateau. Après on fait du stop. On ne peut plus rester. Il y a la maison de ma marraine. Elle est morte. J'ai les clés. On ira là-bas. C'est dans un champ, dans un village. La vie ne coûte rien. On plantera des légumes.

— Il faut que je leur dise au revoir, fait Tristan.

— À qui ?

– À Mrs Klimt, à Hector. Il faut que je leur dise merci.

– On n'a pas le temps. Il faut ranger. Il faut partir.

– Laisse-moi aller les voir.

– Non. C'est des vieux. Ils ont l'habitude.

– Ils ont déjà perdu un fils, argumente Tristan, sûr de rien, ignorant la véritable histoire de sa famille d'accueil, aussi morcelée que sa propre existence.

– C'est le destin de tous les parents, répond Emma. Tous les parents perdent leurs enfants. Ce n'est pas toi qui vas changer ça.

Sur le bateau – vaisseau féminin qui quitte le port de Douvres, navire masculin qui accoste à Calais –, ils se tiennent par la taille. Heureux n'est pas le mot qui convient. Ambitieux, apeurés, armés du courage des orphelins.

– Je vais écrire des livres, lui promet-elle. J'en vendrai des milliers. On s'en sortira.

– Et moi ? demande Tristan.

– Toi ? dit Emma en riant. Toi, tu es jeune, tu as tout le temps. Tu trouveras.

De son œil rond et noir en pépin de pastèque, une tourterelle contemple son plumage. Elle s'ébroue, gonfle son ventre vaniteux. Ses ailes sont sèches. Le jour, qui s'accorde parfaitement aux teintes de sa robe, se lève. Un rayon de soleil fend l'étoupe mauve des nuages et se pose sur sa queue. L'oiseau frissonne, accomplit quelques pas méticuleux sur la branche du platane, prend son envol, reste un instant immobile au-dessus de l'arbre, porté par un courant ascendant.

Suspendue, la tourterelle observe la vallée. Les couleurs ont changé, les matières aussi. On croirait qu'on a pelé la terre, que le sol a mué. C'est laid. La tourterelle se perche de nouveau sur une branche, s'enfonce dans les feuilles, plante ses fines griffes dans l'écorce souple aux écailles brunes, grises et crème. Elle distingue un gros nid, un peu plus bas, sautille pour l'atteindre. Un paquet, mal ficelé, architecture de pauvres, sans brindilles, sans art. Quel oiseau a bien pu faire ça ?

Elle s'approche, picore, joue du bec et des pattes. Mais soudain, le paquet remue. Quelque chose de

mou à l'intérieur – de quoi peut-il bien s'agir ?
Est-ce un cocon ? Quel genre de larve ose se coller
ainsi à son arbre ? Quelque chose s'agite et braille.
Un son épouvantable jaillit. La tourterelle, saisie de
peur, bat fort des ailes, s'emmêle dans les feuilles,
rate son décollage, s'y reprend à trois fois et fuse
d'un coup du fouillis vert dans le ciel bleu, lavé
à grande eau.

Plus bas, un pompier occupé à déblayer des gravats, à sonder les trous et les éboulis à la recherche
de survivants, entend le bébé.

Au début, il ne comprend pas d'où viennent
les pleurs. Il lève la tête, ne voit rien. Pense un
instant aux cigognes, à la légende qui voulait que
les bébés fussent déposés dans leur foyer par ces
braves oiseaux au long bec. Il se précipite en
direction du son. Depuis cinq heures du matin
qu'il ratisse, il a trouvé trois corps, trois cadavres.
C'est sa première mission. Il s'est inscrit comme
bénévole pour impressionner les filles. Il se dit
qu'au bal du 14 juillet, il n'aura qu'à les cueillir.
Il n'a pas confiance dans son visage, à cause de
son nez trop long et toujours un peu rouge, à
cause de ses dents mal plantées, mais son corps,
à force d'entraînement, commence à l'enorgueillir.
Le prestige de l'uniforme en plus, elles tomberont
comme des mouches. Il s'appelle Jean, mais tout le
monde l'appelle Jeanjean, et ça non plus, a priori,
ça n'aide pas, avec les filles. Avant aujourd'hui,
il n'avait jamais vu un mort. Jamais en vrai. Il a
dix-neuf ans.

Jeanjean court, atteint le platane, lève les yeux,

tend l'oreille. C'est de là-haut que ça vient. Le tronc lisse n'offre aucune prise. La boue qui l'a enduit durant la nuit, l'eau qui l'a trempé rendent l'écorce glissante. L'enfant continue de pleurer. C'est une urgence, se répète Jeanjean, en trépignant d'un pied sur l'autre, impuissant. Que faire en cas d'urgence ? Que lui a-t-on appris déjà durant la formation ? Le capitaine parlait toute la journée. Il fallait prendre des notes, comme à l'école. Jeanjean n'a jamais aimé l'école. Pendant que le capitaine parlait, il admirait les reflets déformés dans le casque en maillechort, ni doré, ni argenté, au métal lisse comme une eau. Appeler les collègues, mais comment ? Il est seul dans le secteur. Il y a tant à faire. On leur avait dit de ne pas se séparer. Ils n'ont pas écouté. Ils voulaient être des héros, chacun pour soi. Le bon plan, ç'aurait été de sauver une fille, une fille à qui la tempête aurait arraché tous les vêtements, et que lui, Jeanjean, porterait, nue, dans ses bras, sans la regarder, avec beaucoup de respect, et la fille laisserait rouler sa tête contre sa poitrine, elle sentirait ses biceps gonflés, elle lui dirait : Vous êtes mon sauveur, et après, ils ne se marieraient pas forcément, mais bon, ce serait quand même un début.

Le bébé pleure de plus en plus fort. C'est agaçant, les pleurs d'un bébé. Comment font les parents ? Jeanjean veut que ça cesse. Il faut qu'il trouve. Il doit trouver.

Il tâte la corde enroulée autour de sa poitrine. S'il ne s'y prend pas trop mal, s'il arrive à la lancer sur la branche la plus basse, il pourra se hisser. Il imite le geste des cow-boys avec leur lasso, mais ça ne donne rien, le serpent de chanvre lui retombe sur la tête, alors il fait n'importe quoi, saute, lance, saute encore. De loin, on pourrait croire qu'il danse, Pan en costume de soldat du feu.

Ça marche, la corde est passée. Il fait un nœud coulant, s'agrippe et s'élève, jambes en équerre, abdominaux en feu. Il voudrait tant que quelqu'un le voie.

Une fois dans les feuilles, il retrouve ses réflexes d'enfant. Il bondit et s'élance d'une branche à l'autre, et soudain, il est là, face au paquet accroché par un foulard de soie à motifs vert et rose.

Très doucement, il détache le lien, craignant à chaque instant de faire tomber le bébé qui se tortille et hurle, avec sa bouche édentée – un trou écarlate et furieux. Les mains du jeune pompier tremblent, mais ses cuisses serrent bien fort la branche. Il attrape le bébé et le plaque contre sa poitrine. Aussitôt, les pleurs cessent, mais, comme une onde de contagion qui se propage, ils se communiquent à la poitrine de Jeanjean qui sanglote à son tour, sans comprendre pourquoi. Ce coup-ci, il est content que personne ne le voie.

– C'est un pompier qui l'a trouvé.

– Où ça ?

– Accroché dans le platane, à l'entrée de la promenade.

– Comment il avait grimpé là ?

– Quelqu'un l'avait attaché.

– Qui ça, le pompier ?

– Non, le bébé. Quelqu'un avait attaché le bébé dans l'arbre, et c'est un pompier qui l'a trouvé.

– Et la nounou ?

– Elle est à l'hôpital. Elle dit qu'elle se souvient de rien. Elle est en état de choc.

– C'est peut-être elle qui a accroché Nino.

– Nino, c'est qui ça, Nino ?

– Ben, le fils de la maîtresse, le bébé miraculé.

– Non, impossible. La nounou n'aurait pas pu monter si haut. Y paraît qu'il était à quinze mètres du sol.

– Et comment y s'en sort ?

– Le petit ?

– Oui, Nino, comment y s'en sort ?

– Bien. Il était déshydraté et tout refroidi…

– En hypothermie !

– Oui, voilà, c'est ça, en hypothermie. Mais en un rien de temps il s'est remis. Un bon biberon, un bain chaud, et toc ! C'est solide, ces petites bêtes-là.

– Et la mère ?

– Ben quoi, la mère ? La mère, elle est contente. Chut, taisez-vous, la voilà.

L'institutrice s'avance, Nino dans les bras. Tout le village assiste à l'office religieux en mémoire des morts et des disparus. Certains sont tristes, d'autres sont soulagés. Le jeune curé a mis de l'eau de Cologne pour se donner du courage. Il craint qu'on ne le sente, qu'on ne le lui reproche.

L'institutrice avance et tout le monde la regarde. Elle est belle. Elle est emplie d'amour. Elle déborde. Les gens dans l'église ne savent pas que c'est ça qu'ils voient, que ce qu'ils admirent, c'est un débordement d'amour. Ils pensent plutôt que le foulard en soie à motifs vert et rose qu'elle porte autour du cou fait admirablement ressortir ses yeux.

Quand Tristan se réveille, la caverne est vide. Il s'étire.

J'ai mal partout, constate-t-il. Le combat a été livré, l'ennemi terrassé – ou, du moins, éloigné. Mais quel ennemi ?

Ses vêtements sont éparpillés autour de lui, moites, puants.

Il se sent oppressé, comme après un cauchemar.

Ce n'était pourtant pas un rêve, songe-t-il. Je souffre donc vraiment.

Il enfile ses habits dans le noir dilué par la blancheur du jour naissant et rampe hors de la caverne, le long du tunnel, jusqu'à l'entrée du terrier.

Debout, depuis son tertre, il contemple l'éclat puéril du ciel, le dodu des collines. Un panorama naïf, nettoyé.

Il se met en marche, la main posée sur la gibecière, et sent le lapin mort sous ses doigts, râble inerte qu'il palpe distraitement à travers le tissu. Il pense au désastre de la nuit, à la tête qu'il a, à son odeur. Retour de la chasse. De quelle gloire nouvelle son front est-il orné ?

Il tente de retrouver sa colère, d'ourdir une mutinerie contre son sort, n'y parvient pas, y renonce à cause de la fatigue.

Il avance vivement tout de même, content d'être en vie, goûtant la gaieté paradoxale des retours de cimetière. À certains moments, dans les descentes, il se met à courir, impatient.

Au sommet de la dernière colline, il s'immobilise. Le village s'étend sous ses yeux. Ce qu'il en reste. L'image qu'il a devant lui ne correspond à rien, à aucune émotion, à aucun mot. C'est comme chercher à capter le regard d'un mort. Il écarte les bras, les laisse retomber le long de son corps. Ses chaussures s'emplissent soudain de plomb. Il peine à soulever ses semelles. Aucun bruit. Pas de lumière aux fenêtres.

Les couleurs ont changé, se dit Tristan. C'est à cause du contraste qui n'est plus le même, le fond uniforme, brouillé par la destruction. Les sons aussi sont différents, assourdis par la boue, engloutis par les flaques. Et mon odeur, pense Tristan, mon odeur n'est rien à côté de l'infection qui empuantit l'air. On a retourné les égouts comme on renverse une tasse.

Il marche encore, se mord les lèvres, arrache les peaux de ses gerçures, saigne, sirote son sang. À chaque nouveau virage, à chaque nouvelle rue, il découvre des éboulis de pierres, des tumuli de tuiles, des remblais de boue mêlée de gravats. Une portière de voiture s'est plantée dans une haie, semblable à l'aile d'un oiseau. Des ballots de paille attendent au feu tricolore éteint. Une corde à linge parée de ses draps tire-bouchonnés rampe péniblement le long d'une ruelle, telle une chenille géante prise au piège. Des chaussures coiffent les poteaux électriques abattus.

En arrivant à proximité du centre, Tristan est forcé de rebrousser chemin, l'eau lui arrive à mi-cuisses. Il va devoir passer par la scierie en contournant la place du Marché. Il a mal. La douleur est partout dans son corps, en haut, en bas, à l'extérieur, à l'intérieur ; sa peau, ses organes, tout est touché. La douleur est aussi dans ce qu'il voit, les volets arrachés, les gouttières tordues. Il admire l'acharnement de la tempête, sa méticulosité à tout détruire, à tout chambouler. La précision ironique avec laquelle le vent et les flots ont fabriqué un nouveau paysage : ici, c'est un aspirateur qui pend à l'enseigne de la boulangerie, là, une table retournée dont un des pieds a reçu, comme dans un jeu d'abaques, trois pneus de tailles différentes empilés les uns sur les autres.

Machinalement, il caresse sa gibecière. Il voudrait rassurer le lapin, lui parler du soleil qui monte derrière la colline, du jour nouveau qui naît, de l'apaisement.

Il veut rentrer chez lui. Il veut voir sa maison. Mais comment leur pauvre bicoque aurait-elle pu résister ? On ne sait pas. On ne sait jamais, se dit-il pour se donner la force d'accélérer encore. Il s'arrête pour espionner l'intérieur de certaines bâtisses plus épargnées que d'autres. Des voix lui parviennent. Il y a des survivants. C'est l'aube.

Voilà, le silence, c'est à cause de l'aube. Les gens dorment encore. Ils sont vivants, mais ils dorment.

J'ai de la chance, se dit-il. Beaucoup de chance. J'en ai toujours eu. Ma vie jusque-là a été facile et douce. Les bonheurs m'ont assailli, les uns après les autres.

Tristan retrouve son allant. Il allonge le pas, se met à courir, aperçoit la scierie, emprunte un raccourci, enjambe les barrières, les clôtures, il saute, tombe, se relève, se remet à courir. La maison est au bout du chemin, au milieu du pré à vaches, défendue par les chardons.

Elle n'a plus de toit. Décapitée, elle se dresse, pauvre cube creux, vieillie d'un siècle. Une hilarité incrédule lui tord le ventre. L'effroi s'empare de lui. L'effroi, c'est le mot qui s'est posé dans son esprit le jour où sa mère est morte, au milieu d'une phrase, assise dans son lit. Elle a dit : Tu vas rigoler, mais… Et plus rien. Son souffle s'est arrêté.

Tristan appelle. Il ne s'entend pas appeler, mais il appelle, en courant, essoufflé.

Alors Emma sort, serrée dans un anorak, les jambes nues tachées de boue. Elle vient vers lui, s'enfonce d'un demi-mollet dans la terre, vacille, se redresse. Il la regarde avancer, dans leur jardin défoncé, dans la vase d'une terre qui a trop bu. Elle s'immobilise à quelques mètres. Lui sourit. Son arcade sourcilière droite est barrée de deux traits rouges, sa joue gauche d'une fine balafre où perlent des gouttelettes de sang. Elle a sa tête de chef indien, ses yeux de source, son air que lui seul connaît et reconnaît.

Lentement, comme un magicien, il ouvre sa gibecière pour en sortir sa surprise.

Le lapin.

Il saisit l'animal par les oreilles et le brandit à bout de bras, bombe la poitrine et le présente à sa femme. Je suis de retour de la chasse, pense-t-il. Et, un instant, il éprouve la fierté du trappeur.

Mais la boule de poils, comme animée d'un ressort, se débat et file au ras du sol, à fleur de flaques. Seule sa queue blanche ponctue, d'une seconde à l'autre, le zigzag de sa fuite.

Emma n'a pas compris. Elle n'a pas eu le temps de voir. Elle écarquille les yeux. Regarde Tristan. Regarde le point blanc qui s'éloigne.

Qu'est-ce que c'est, cette chose qui file, qui nous échappe et qui s'en va ? se demande-t-elle.

Disons que c'est votre jeunesse, fait le lapin, avant de disparaître.

DU MÊME AUTEUR

Quelques minutes de bonheur absolu
Éditions de l'Olivier, 1993
et « Points », n° P189

Un secret sans importance
Éditions de l'Olivier, 1996
et « Points », n° P350

Cinq photos de ma femme
Éditions de l'Olivier, 1998
et « Points », n° P704

Les Bonnes Intentions
Éditions de l'Olivier, 2000
et « Points », n° P917

Le Principe de Frédelle
Éditions de l'Olivier, 2003
et « Points », n° P1180

Tête, archéologie du présent
(photographies de Gladys)
Filigranes, 2004

V.W. : le mélange des genres
(en collaboration avec Geneviève Brisac)
Éditions de l'Olivier, 2004
réédité sous le titre
La Double Vie de Virginia Woolf
Points, n° P1987, 2008

Mangez-moi
Éditions de l'Olivier, 2006
et « Points », n° P1741

Le Remplaçant
Éditions de l'Olivier, 2009
et « Points », n° P2439

Dans la nuit brune
Éditions de l'Olivier, 2010
et « Points », n° P2686

Comment j'ai appris à lire
Stock, 2013
et « Points », n° P3272

Ce qui est arrivé aux Kempinski
Éditions de l'Olivier, 2014
et « Points », n° P4108

Ce cœur changeant
Éditions de l'Olivier, 2015
et « Points », n° P4380

René Urtreger, le roi René
(avec René Urtreger)
Odile Jacob, 2016

La Chance de leur vie
Éditions de l'Olivier, 2018

LIVRES POUR LA JEUNESSE

Abo, le minable homme des neiges
(illustrations de Claude Boujon)
L'École des Loisirs, 1992

Le Mariage de Simon
(illustrations de Louis Bachelot)
L'École des Loisirs, 1992
et
(illustrations de Anaïs Vaugelade)
L'École des Loisirs, 2011

Le Roi Ferdinand
(illustrations de Marjolaine Caron)
L'École des Loisirs, 1992, 1993

Les Peurs de Conception
L'École des Loisirs, 1992, 1993

Je ne t'aime pas, Paulus
L'École des Loisirs, 1992

La Fête des pères
(illustrations de Benoît Jacques)
L'École des Loisirs, 1992, 1994

Dur de dur
L'École des Loisirs, 1993

Benjamin, héros solitaire
(illustrations de Véronique Deiss)
L'École des Loisirs, 1994

Tout ce qu'on ne dit pas
L'École des Loisirs, 1995

Poète maudit
L'École des Loisirs, 1995

La Femme du bouc émissaire
(illustrations de Willi Glasauer)
L'École des Loisirs, 1995

L'Expédition
(illustrations de Willi Glasauer)
L'École des Loisirs, 1995

Les Pieds de Philomène
(illustrations d'Anaïs Vaugelade)
L'École des Loisirs, 1997

Je manque d'assurance
L'École des Loisirs, 1997

Les Grandes Questions
(illustrations de Véronique Deiss)
L'École des Loisirs, 1999

Les Trois Vœux
de l'archiduchesse Van der Socissèche
L'École des Loisirs, 2000

Petit Prince Pouf
(illustrations de Claude Ponti)
L'École des Loisirs, 2002 et 2012

Le Monde d'à côté
(illustrations d'Anaïs Vaugelade)
L'École des Loisirs, 2002

Comment j'ai changé ma vie
L'École des Loisirs, 2004

Igor le labrador
et autres histoires de chiens
L'École des Loisirs, 2004

À deux c'est mieux
(illustrations de Catharina Valckx)
L'École des Loisirs, 2004

C'est qui le plus beau?
L'École des Loisirs, 2005

Les Frères chats
(illustrations d'Anaïs Vaugelade)
L'École des Loisirs, 2005

Je ne t'aime toujours pas, Paulus
L'École des Loisirs, 2005

Je veux être un cheval
(illustrations d'Anaïs Vaugelade)
L'École des Loisirs, 2006

Mission impossible
L'École des Loisirs, 2009

La Plus Belle Fille du monde
L'École des Loisirs, 2009

Dingo et le sens de la vie
(illustrations de Anaïs Vaugelade)
L'École des Loisirs, 2012

Le Poulet fermier
(illustrations de Anaïs Vaugelade)
L'École des Loisirs, 2013